[新概念阅读书坊]

培养了不起女孩的故事全集

PEIYANG LIAOBUQI NÜHAI DE GUSHI QUANJI

主编◎崔钟雷

吉林美术出版社

图书在版编目（CIP）数据

培养了不起女孩的故事全集 / 崔钟雷主编 . —长春：吉林美术出版社，2011.1（2023.6重印）
（新概念阅读书坊）
ISBN 978-7-5386-5040-2

Ⅰ．①培… Ⅱ．①崔… Ⅲ．①故事–作品集–世界 Ⅳ．①I14

中国版本图书馆 CIP 数据核字（2010）第 255523 号

培养了不起女孩的故事全集
PEIYANG LIAOBUQI NÜHAI DE GUSHI QUANJI

出版人	华 鹏
策 划	钟 雷
主 编	崔钟雷
副主编	刘 超　那兰兰
责任编辑	栾 云
开 本	700mm×1000mm　1/16
印 张	10
字 数	120 千字
版 次	2011 年 1 月第 1 版
印 次	2023 年 6 月第 4 次印刷
出版发行	吉林美术出版社
地 址	长春市净月开发区福祉大路 5788 号 邮编：130118
网 址	www.jlmspress.com
印 刷	北京一鑫印务有限责任公司
书 号	ISBN 978-7-5386-5040-2
定 价	39.80 元

版权所有　侵权必究

前言 Foreword

　　阅读是一段开启心智的历程，阅读是一种与书籍对话的方式，阅读是一盏点亮灵魂的明灯！人们常说"开卷有益"，只要认真去阅读，用心去体会，就会从书籍中获取丰富的知识，获得源源不绝的力量！

　　为了开阔您的阅读视野，我们精心编纂了本套"新概念阅读书坊"系列丛书。阅读是一种自我充实的过程，读什么和怎样读都显得颇为重要，而我们的意旨在于为您提供一种全新阅读方式的可能！

　　本套丛书内容涵盖面广，设计新颖独到，优美的文章，精致的图片以及全新的阅读理念，必将呈现给您一场独特的阅读盛宴，愿您在享受这段新奇的阅读历程时，也会将之视为开启您阅读之门的钥匙，走进阅读的美好世界……

目录

第一章　幸运的水仙花

做个善良人 …………………… 2
大错误与小错误 ……………… 4
事情的两面性 ………………… 6
我们该记住的事情 …………… 8
时间 …………………………… 11
并非到处都是坏人 …………… 13
快乐的源泉 …………………… 16

茶道六师的教诲 ……………… 18
心里有眼 ……………………… 19
阳光 …………………………… 21
真情 …………………………… 24
只要心中有爱 ………………… 27
编织草帽的老人 ……………… 29
善待别人 ……………………… 31
幸运的水仙花 ………………… 33

让爱生爱	37
对镜梳妆	39
屋檐	42
六字箴言	44
守时	46
月亮的女儿	48
从高墙到花园	51
"伯伯，挺冷吧？"	54

第二章　我肯定能行

大师风范	58
沉默是金	60
我肯定能行	62
碗中的金币	65
高贵的秘密	67
因为温暖	70
放下就是快乐	73
高贵的补鞋匠	75
两分钟的短歌	77
被人相信是一种幸福	79
掌声	81
在汽车上	83
半壶水	85

给心一朵莲花或者一片祥云 …… 87
让别人为你排队 ………………… 90
献你一束鲜花 …………………… 92
学无止境 ………………………… 95
快乐生活比第一重要 …………… 97
在田园里的细品人生 …………… 100
登上诺贝尔奖坛的小学教员 … 103
钻石的价值 ……………………… 107
明亮的世界 ……………………… 109
爱的位置 ………………………… 111

第三章　把阳光加入想象

松鼠的智慧 ……………………………… 114
瓦罐中的智慧 …………………………… 116
向善的灯 ………………………………… 118

"替鸡破壳"的启示 …………… 120

准备月亮，就变出月亮 ………… 122

亚历山大的三个遗愿 …………… 125

画杨桃 …………………………… 127

把阳光加入想象 ………………… 131

梦想的翅膀 ……………………… 133

天才的造就 ……………………… 136

在空地上种上草 ………………… 138

影响一生的半小时 ……………… 140

现在成功 ………………………………… 143

只有3分钱 ……………………………… 145

晨光的翼翅 ……………………………… 147

不要成为卑贱的人 ……………………… 150

第一章
Chapter 1

幸运的水仙花

当我们身左身右的人，在人生路上遇到艰难，陷入泥泞之时，朋友，请伸出你的手来，把你的**温暖**、关怀送给他们，把**真情**送给他们，他们将因此而充满笑迎风雪的勇气和力量……

做个善良人

杰夫·帆佐斯

祖父在科图拉有个农场,小时候每年夏天我都去那儿过暑假。"华利贝姆大篷车俱乐部"经常组织车队在美国和加拿大各地开车旅行,祖父母也是俱乐部成员。每隔几年,他们便会开上自家那辆老爷车,车后拖着31英尺长的大篷车,参加旅行车队。

做过长途旅行的人都知道,你总有多余的时间来胡思乱想。那天也不例外,我算出了老爷车每英里的耗油量,算出了各种零食的平均价格……还有什么可算的吗?我曾看过一个反对吸烟的电视节目,主持人说:每抽一口烟,就相当于缩短了2分钟的生命。祖母是烟民,我决定算算她的寿命。

我已经不记得具体数字了,大概是:一口等于2分钟,一支香烟等于20口,一包烟有20支。祖母有三十多年烟龄,按每天一包计算,她的寿命缩短了16年多。我反复核对了结果,开始为自己的聪明才智沾沾自喜。

我把头探到前排,拍了拍祖母的肩膀说:"您的寿命因为抽烟而减少了16年!"我得意地向她展示我的论据和推算过程,完全没有顾及她的感受。突然,我看到眼泪从祖母脸上无声地落下。这不是我期待的反应,她没说"你真聪明"或者"你的算术真棒"。

在祖母无法抑制的泪水中,我好像一脚踩中了地雷,这才发现自大无知的我对他人造成了多大的伤害。我不知所措地缩回到后排座位,尴尬得说不出话来。

一直默默开车的祖父,小心地把车停在公路边,跳下车,示意我也下车。

我们往后走了几步,在老爷车和大篷车的连接处站定,只听到大篷车队隆隆驶过的声音。然后祖父将一只大手温柔地放在我肩上,说:"有朝一日你会明白,做个聪明人很容易,但做个善良的人很难。"

从那天起,我一直在努力做个善良的人。

心得便利贴

做聪明人需要的是头脑,而做一个善良人需要的是一颗真诚无私的心。从现在起,让我们努力做个善良的人吧!

3

大错误与小错误

王 文

日本松下公司的创始人松下幸之助以经营技巧高超、管理方法先进,被誉为"经营之神"。

后滕清一原是三洋电机公司的副董事长,后来投奔松下公司,在担任厂长时,工厂因失火而被烧掉了。后滕清一心中十分惶恐,以为不被革职也要降级。不料松下接到报告后,只对他说了四个字:

"好好干吧!"

松下这样做,并不是姑息部下的过错。以往,即使只是打电话的方式不当,后滕也会受到松下严厉的斥责。这种作风可以说是松下管人的秘诀。由于这次火灾发生后没有受到惩罚,后滕自然会心怀愧疚,对松下也会更加忠心效命,并以加倍的工作来回报。

松下的这种做法,巧妙地抓住了人的心理。在犯小错误时,本人多半并不在意,因此需要严加斥责,以引起他的注意;相反犯下大错误时,傻子也知道自省,因此就不必要再去给予严厉的批评了。

心得便利贴

大错误我们都知道自省,而小错误往往被忽略,何为大?何为小?唯有时时处处严格要求自己而已。

事情的两面性

[英]帕米拉·柯卡 萧汀 译

我曾听到过这样一件事,两个人站在一辆停靠在街角的豪华轿车前,其中一人说:"他怎么买的起这么豪华的车?我怀疑他来钱的路子不正。"另一个则由衷叹道:"哇,多漂亮的车!有朝一日我一定也要拥有这样一辆车。"

态度,对事物两种截然不同的态度。

几年前,我住在伦敦郊外的一座庄园里。这是一座典型的英国庄园,宽阔且修剪平整的草地,精致的白色小栅栏,栅栏边长满了美丽的黄水仙,还有几棵苹果树,会在秋天挂上硕大的苹果。庄园后院的凉亭旁则是郁郁葱葱的水田芥和芳香的熏衣草。最让我喜欢的,是庄园里种着玫瑰的小花园,大约有四百二十多株玫瑰在这里快乐地生长着,保护着它们的是一圈低矮的长青灌木和可爱的铁篱笆,在花园的中间,甚至设立了一个日晷仪,静静地看着时间流淌。我的邻居们对他们的花园呵护备至,我也一样,每天都会花很多时间在我的玫瑰园中。

一年春天,有一只鹿常常在我们这一带游荡,兴之所至的时候,还会随意跳进花园吃玫瑰,这让我的邻居们大为紧张。他们天天坐在花园那里,手握着猎枪,等候着这只令他们烦恼的鹿。我是唯一没有这样做的人。最后,这只聪明而又饥饿的鹿便整日在我的花园里用餐。我常常在家中透过玻璃观赏它,我给它取名为"罗斯芭",意思是"玫瑰花蕊",因为我发现它最喜欢吃玫瑰花蕊。这件令邻居烦恼的事情给我带来的却是乐趣。

这便是态度，对事物两种截然不同的态度。

随着季节的转换，罗斯芭的来访越来越少。终于，它不再来了，我想他一定是被某个邻居开枪吓跑了，并再也不会来了。然而，我的担心是多余的，随着春天的来临，它回来了，带着它的宝宝。"罗斯芭"做了母亲，小宝贝长得小巧迷人，稚弱得几乎越不过小篱笆，同它的母亲一样，它也非常喜欢玫瑰花蕊。我把它命名为"安娜贝拉"，意思是"美女"，柔弱精致的小"美女"与清晨的英格兰乡村景色融合在一起，简直美妙极了。

"罗斯芭"和"美女"成了我的常客，它们对花园中的玫瑰享有与我同等的权利，玫瑰使它们强壮，更使它们出落得美丽而有韵味。玫瑰依然茂盛，我和鹿儿一样快乐。

拥有一种不同的生活态度意味着拥有生命中最美妙的时光。

你可能会失业，或者作为一名演员，你可能会被观众遗忘。这时候，你可以无聊地打发日子，也可以抓紧时间来充实自己。一句话，你也许是烦恼本身，也许是解决问题的钥匙。

一切取决于你的态度。

心得便利贴

有这样的一句诗："心雨的时候，晴也是雨；心晴的时候，雨也是晴。"是烦恼无聊还是快乐充实，完全取决于你自己的人生态度。换一个角度，转变一下原有的观念，也许就会享受到生活中最美的时光。

我们该记住的事情

马 德

去电信局的路上,我看到一辆人力三轮车,蹬三轮车的,是一个瘦瘦的女孩,长得又黄又黑,蹬在三轮车上,仅比车把高出半个脑袋,初春的风很硬,也很冷,风紧裹着她单薄而瘦小的身体。车上装着的,是几张破旧的硬纸片和废弃的塑料瓶子。上面蹲着另一个女孩,看上去,似乎比前面的女孩稍大一点,也是一样的黑瘦。她身体前倾,两只手夸张地叉着,护着车上的纸片,生怕被风刮走。我看到她们的时候,她们刚刚从路边的一个垃圾点出来。

单位办公大楼每一层都探出一个半圆的檐角,脏了,雇了几个人来擦。这几天的温度是零下几度,而且风也不小。这些人来了之后,二话没说,就从楼顶一道一道地往下放绳子,然后顺着绳子的牵引,下到了半空。腰间除了冰冷的钢索之外,还要夹带一个小桶、一些擦洗的工具以及清洁液,叮叮当当的,在

半空中随风一块摆动着。从办公室里看出去,风把他们的脸吹得红红的,手红红的,他们坐在一块半尺见方的夹板上,腿向下耷拉着,显得特别长,裂开口的皮鞋也耷拉着,袜子很短,遮盖不住的脚踝骨显眼地裸露在风中。有好几次,我看到一个人把手放在脖子里取暖,冷冷的身体悬在空中,越发显得寒冷和无助。

电视中,看到过这样一个故事。一个人,曾经是大学教授,下海后很快成了百万富翁,后来他几乎倾尽所有的资产搞养殖业,结果那一年的洪灾,让他一下子又成了穷光蛋,一家人颠沛流离,只好为找工作而辗转。一天晚上,父亲喝多了,语重心长地对女儿说,越是在困难的时候,我们越要记住曾经帮助过我们的那些人,哪怕是仅给过我们一碗水,一个微笑的人。然后,他转过头对女儿说,你懂了吗?女儿说,懂了,就是把该忘掉的忘了,而该记住的一定要记住!父亲一把搂住女儿说,你真是爸爸的好女儿,说时泪眼婆娑……

我们活在这个世界上,有许许多多的生命与我们结伴而行,他们生活得更苦,地位更低,然而却在生活中努力地拼争着,不畏寒冷,不惜力气，甚至不顾生命。他们演绎给这个世界的是承受、挣扎、跋涉、辗转、屈辱、抗争，他们咬紧牙关在这个世间只是一闪，便烟云般消失，甚至没有昙花乍现的灿烂，生命的三分，一分泥土，一分流水，一分尘埃。我要说，记住他们吧，如果你想用心，就用自己的眼睛，这也是份温暖啊，在他们孤苦无依的内心里，在他们漂泊无助的路途上，冥冥之中他们会感受到这种陌生的温暖，也许这种温暖还会在他们人生的绝境中延宕出一种喜悦和抚慰来。有许许多多的事情并不值得留在我们的记忆里，而另一些眼神，一些面孔，一些人的挣扎，一些人的凄冷，如果不能够用心，我希望你，就用眼睛记住他们，如果你连眼睛也做不到，那我希望你还有最起码的感知，这就够了。

心得便利贴

如果说真的"有生命不能承受之重"的话，那就是这个故事所讲述的一系列情景，这些情景让人心酸，让人流泪，更让人铭记还有一些人承受着比我们要沉重得多的苦难，让我们珍惜眼前拥有的，并在我们力所能及的范围内，给他们带去一些温暖和帮助吧。

时　间

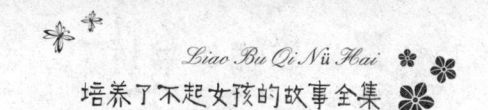

徐　川

在美国一小镇拜访一位 84 岁的老学者,在他那狭窄的厨房里,我向他倾诉内心的困扰。

他说:"你应该抓紧现在和未来的日子。"

我说:"但是我年纪大了。"

"我 70 岁那年,拟完成一个需要 10 年才能完成的研究计划。当时,我向一位 30 多岁的年轻朋友谈起这个计划,他笑了。我知道他为什么笑:在他看来,70 岁的老人,时日已不多,还能做些什么。10 年过去

了,我的工作如期完成,而且,我仍然在实验室忙着。"他挺了挺胸,笑了。

"你那位年轻朋友现在怎么样啦?"我问。

"不再年轻了,已经中年啦!"

"对他来说,这14年来,应该是黄金年龄,相信会有很不错的成绩。"

"没有,他也承认过去的14年是空白,真正的空白。"

"为什么?"

"依旧熙熙攘攘、推推挤挤的生活,14年,一眨眼就过去了。"

这番话,如当头一棒,使我惊呆了。

心得便利贴

明天的卓越是今天积累的结果。把握今天,把握现在,今天的辛苦努力必定铸就明天的辉煌。

并非到处都是坏人

F·奥斯勒

纽约的老报人协会定期聚餐，席间大家常常讲些往事助兴。这天，老报人威廉·比尔先生——这个协会的副主席讲了一段自己的经历。

比尔 10 岁那年，妈妈死了；接着，爸爸也死了，留下 7 个孤儿——五个男孩两个女孩。一个穷亲戚收留了比尔，其他几个则进了孤儿院。

比尔靠卖报养活自己。那年月，报童有菜园里的蚂蚁那么多，瘦小的他不容易争到地盘。比尔常常挨揍，吃尽了苦头。从炎热的夏日到冰封的隆冬，比尔都在人行道上叫卖。小小的年纪，比尔已学会愤世嫉俗。

一个暮春的下午，一辆电车拐过街角停下。比尔迎上去，准备通过车窗卖几份报。车正在起动的时候，一个胖男子站在车尾踏板上说："卖报的，来两份！"

比尔迎上前去送上两份报。车开动了，那胖男人举起一枚硬币只管哄笑。比尔追着说："先生，给钱。"

"你跳上踏板我就给你。"他哈哈笑着，把那个硬币在两个掌心里搓着。车子越开越快。

比尔把一袋报纸从腋下转到肩上，纵身一跃想跨上踏板，脚却一滑，仰天摔倒。他正准备爬起来，后边一辆马车"吱"的一声挨着他停下了。

车上下来一位拿着一束玫瑰花的妇人，眼里噙着泪花，冲着电车骂粗话："这该死的灭绝人性的东西，可恶！"然后又俯身对比尔说："孩子，我都看见了，你在这儿等着，我就回来。"随即对马车夫说："马克，追上去，宰了他！"比尔爬起来，擦干眼泪，认出拿玫瑰花的妇人就是电影海报上的大明星梅欧文小姐。

10分钟后，马车转回来了，女明星招呼比尔上了车，然后对马车夫说："马克，给他讲讲你都干了些什么。"

"我一把揪住那家伙，"马克咬牙切齿地说，"左右开弓把他两眼揍了个乌青，又往他太阳穴补了一拳。报钱也追回来了。"说着，他把一枚硬币放在比尔的手中。

"孩子，你听我说，"梅欧文对比尔说，"你不要因为碰到这种坏蛋就把人都看坏了。世上坏蛋是不少，但大多数都是好人——像你，像我。我们都是好人，是不是？"

好多年后，比尔又一次品味马克痛快的描述时，猛然怀疑起来：只那么一会儿，能来得及追上那家伙，还痛痛快快地揍他一顿吗？

不错，马车甚至连电车的影子也没追着，它在前面街角拐个弯，调过头，便又径直向孩子赶来，向一颗受了伤、充满怨恨的心赶来。而马克那想象丰富的哄骗描述，倒也真不失为一剂安慰幼小心灵的良药，让小比尔觉得人间还有正义，还有爱。比尔后来还经历过千辛万苦。他没有上过正规学校，仅凭自学当上了记者，又成了编辑，还赢得了新闻界的声誉。他和弟弟妹妹们后来也团聚了。

比尔向他的报界同仁说："谢谢上帝，艰难困苦是好东西，我感激它。不过，我更要感激梅欧文小姐，感激她那天的火气、她眼里的泪花和她手中的玫瑰，依靠这些我才没有沉沦，没有一味地把世界连同自己恨死。"

心得便利贴

残酷的生活往往让人对它感到绝望。这时一个好心人的帮助，或者仅仅是几句劝慰，就会像严冬的一缕阳光，酷夏的一股清泉，给人带来希望，在我们相信世上并非到处都是坏人的同时，也努力成为一个好人吧，让爱温暖这个世界。

快乐的源泉

蒋光宇

海因茨亨氏公司的董事长，人称"酱菜大王"。亨氏公司年销售额达60亿美元，是美国颇有名气的大公司之一。其劳资关系被公认为"全美工业的楷模"，该公司被誉为"员工的乐园"。

有一段时间，海因茨的身体不太好，医生建议他到佛罗里达去度假。员工们得知后对他说："应该好好玩一玩，你太累了，一年到头也难得轻松那么一回。"

可是没过几天他就回来了。"怎么这么快就回来了？"员工们惊讶地问。"我一个人玩也没有多大意思。"

但人们很快发现，工厂里多了一个大玻璃箱。员工们好奇地走过去看，原来里面有一只短吻鳄，重达800磅。

"怎么样，这个家伙看起来还好玩吧？"海因茨笑呵呵地说，"这个家伙令我兴奋，给我这次佛罗里达之行留下了最难忘的记忆。请大家工作之余与我一起分享快乐吧！"

原来这只短吻鳄是海因茨从佛罗里达特意为员工买回来的。"与员工一起分享快乐"，这就是海因茨快乐的源泉。

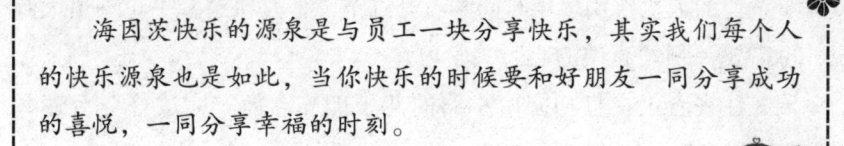

心得便利贴

海因茨快乐的源泉是与员工一块分享快乐，其实我们每个人的快乐源泉也是如此，当你快乐的时候要和好朋友一同分享成功的喜悦，一同分享幸福的时刻。

茶道六师的教诲

沈畔阳　译

在日本奉茶被称为茶道，是门几百年不断完善的艺术。直到今天，致力于茶道的人仍要用多年时间学习其细节。但是茶道，一位茶道大师说，也需要一颗"真诚的心"去学习。

瑞久注视着正在打扫园中小路的儿子韶安。韶安完成任务后瑞久说："不太干净。"并吩咐他再扫。儿子又忙碌了一个中午，转向瑞久："父亲，再没什么可做的了。台阶已冲洗三遍，石盆和树木全部喷过水，苔藓和地衣闪耀着新鲜的翠意，一根细枝、一片树叶也没留在地上。""傻孩子，"茶道大师责备道："园中路不应该这样打扫。"瑞久说完迈步进到园中，摇动一棵树，在园中撒下金黄赭红的叶子，锦缎似的斑斓！瑞久要的不仅是清洁，还有美和天然。

心得便利贴

以真诚的心对待生活，对待艺术，是一种做人的原则，还自然以本来的面目，也需要一份平和安然的心境。

心里有眼

陈有昌

湖面十分平静,一个男孩已经和他的母亲在湖里放了鱼线,安好了鱼饵,只等两个小时以后这里的钓猎开禁。他们盼望着能钓上一条鲈鱼,好赶回家熬一锅鱼汤,给年老的奶奶补补身子。

他们耐心地等了好久,突然鱼线动了,随即湖面响起了大鱼扭动击水的声音:是条大鲈鱼,银白色的鱼鳞闪着耀眼的光芒,美丽的鱼鳃在翕动着。这时候,母亲看了看表,叹了口气,对男孩说:"离开禁还有10分钟,孩子,我们放了它吧。"

"不,妈妈!"男孩哭了,"这样大的鲈鱼不容易碰到,我平时常来这儿,人们都这么说。况且……"男孩看了一下四周,"只要我们自己不说,没有人会知道。"

母亲说:"可是孩子,湖边没有眼睛,我们心里却有。"

在母亲的坚持下,男孩放走了那条鲈鱼。

30年后,这个小男孩成了纽约最著名的建筑师。一个能告诉孩子心里有眼的母亲,肯定会培养出一个优秀的孩子。

心得便利贴

诚实是一种美德,不只是对别人要诚实,对自己更要诚实。每个人的心里都有一双眼,我们不能欺骗自己的心。

阳 光

容 容

2002年9月,为了家中那些常来常往的"叔叔",我跟父亲大吵了一架。我知道,我不应该不尊重父亲的做人方式,但生性叛逆的我,忍受不了"叔叔"们的虚伪和势利。

自我懂事以来,家里一直起起落落,不曾安宁过。当家境贫困时,只有一家人互相安慰,互相鼓励;而当家境日益富裕时,平时难得一见的"亲人"们马上开始对你嘘寒问暖,极尽所能地拍马屁。而善良的父母,对于他们所说的困难,总是竭尽所能地给予帮助。事实上,他们吃喝玩乐的花样,足以令生活简朴惯了的父母眼花缭乱。所以我不相信世间会有无缘无故的关怀,不相信世间会有不讲原因就热心帮助别人的人——除了我那对傻父母。

2003年5月,母亲病了,需要立即动手术。刚开始,亲友们三天两头地到医院探望,而当他们得知父亲生意遇上挫折、母亲手术费用奇高的时候,一个接一个地、慢慢地从我们的眼前消失了。

倔犟的我,卖了家中所有可以卖的东西,交齐了母亲所需的

手术费用。我宁愿打碎牙齿和着血一起吞，也不肯去向那些人开口。因为我知道，就算抛却了所有的尊严去向他们开了口，得到的也无非是直截了当或吞吞吐吐的拒绝。

验血、心电图、CT……繁杂而累人的检查过后，两位主刀的医生定了下来，一位是即将退休的主任，一位是声望极高的主治医师。

一天，我打了开水回来，隔壁病房的一位老病号忽然神秘地问我："你们包了多少红包给医生？""红包？"老病号的话提醒了我，对啊，我简直把这事给忘得一干二净，忘了现实社会中这是一个例行的程序！何况，要请动主任来主刀太不容易，自然不能马虎。

套用时下的一句话："有多大的权就有多厚的钱。"一番推辞后，主任和主治医师最终收下了红包。看着他们的背影，我无奈地叹了口气。他们和我那些"叔叔"们真是一丘之貉啊！不过也好，红包收了，他们就会尽心尽力地给母亲动手术了。

因为母亲身体瘦弱，手术进行了6个小时。当白发苍苍的老主任一脸疲惫地走出手术室时，我冷笑着心想，钱真好。同样一脸疲惫的主治医师做完手术后又守候了母亲一夜。第二天早晨，当他微笑着告诉我"你母亲没事了，让她好好休息吧"的时候，我又在心里发出了一声冷笑。

手术非常成功。看着母亲醒来，我满心欣慰。我对母亲说："妈，您以前总对我说，世间的人不是每个人都像你想象的那么坏，现在怎样呢？您看到钱的作用了吧？这个社会就是这样现实……"

一个月的时间过去了，母亲在主任和主治医师的精心医治和照料下渐渐康复。那天，我刚替母亲办妥了出院手续，主任就找到了父亲，把我给他和主治医师的两个红包原封不动地交到了父亲手里。他对父亲说："平常百姓家，生活并不富裕，但如果那天我们不拿这钱，你们家属会认为我们不尽心。今天，是物归原主的时候了。"

父亲将主任的话转述给我的时候，我呆住了。

我想起了妈妈的话："世间的人不是每个人都像你想象的那么坏……"

我终于明白，也终于相信，人间有爱。是的，生活或许有些残酷，现实也常常让人不得不低头，但只要心中有爱，我们的心灵就永远会有阳光照耀。

心得便利贴

善良的父母始终相信，不是每个人都像我们想象中那么坏，医院里敬业的主任和医生给"我"上了一堂生动的课，印证了父母那句话。就像生活中难免有狂风暴雨，但我们依然相信有阳光灿烂的日子，用平常心真诚地去对待周围的人和事，就一定会有新的收获。

真 情

栾承舟

有一个富翁，年轻时家里很穷，他的父母都是农民，他从小就生存在一种饥饿和窘迫之中。节日的花衣服、过年的压岁钱、喜庆的爆竹、父母的呵护……这些本该属于孩子的专利，都与他无缘。

最使他难忘并终生感恩的是小伙伴们对他无私、真诚的帮助和呵护。只要小伙伴手里有两块糖果，肯定就会有他一块；伙伴手里有一个馍馍，那肯定也有他一半。在贫穷和饥饿之中，还有什么比这更宝贵的东西呢？

一眨眼30年过去了。在这段时间里，世界上的许多事情都变了模样。此时，富翁步入中年，外出闯荡的他已今非昔比。30年的奔波劳碌、摸爬滚打，算计别人也被别人算计，富翁一路风尘地走过来了，成为一个稳健、精明、魅力非凡的企业家。有一天，少小离家的他动了思乡之念，于是，在一个艳阳高照的日子里，富翁回到家乡。当日，他走遍全村，感谢叔伯大爷、兄弟姐妹这些年来对父母的照顾，并每家送了一份礼品。夜里，富翁在自家的堂屋里摆桌请客，赴宴者全是从小光着屁股一块儿长大的玩伴，他们自然也是四十几岁的中年人了。

按那里的风俗，赴宴者都要带点儿礼品表示谢意。大家来的时候，都带着礼品，有的还很丰厚。富翁令人一一收下，准备宴席之后，请大家带回。当然，还有自己馈赠的礼品。

正在大家热热闹闹、布菜斟酒的时候，门开了，一个儿时旧友走进门来，他的手里提着一瓶酒，连声说："对不起，我来晚了。"

大家都知道这个朋友日子过得很艰难，其情其境，一点不亚于富翁儿时。富翁起身，接过朋友提来的酒，并把他拉到自己身边的座位上坐下，朋友的眼里闪过几丝不易觉察的慌乱。

富翁亲自把盏，他举着手里的酒瓶，说："今天，我们就先喝这一瓶酒，如何？"一边说，一边给大家一一倒满，然后他们一饮而尽。

"味道咋样？"富翁问，所有赴宴者面面相觑，默不做声。旧友更是面红耳赤，低下了头。

富翁瞧了一眼全场，沉吟片刻，慢慢地说："这些年来，我走了很多地方，喝过各种各样的酒，但是，没有一种酒比今天的酒更好喝，更有味道，更让我感动……"说着，站起身，拿起酒瓶，又一次一一给大家斟酒，"再干一杯。"

喝完之后，富翁的眼睛湿润了，朋友也情难自抑，流泪了。

他们喝的哪里是酒，分明是一瓶水啊！

世界上还有比这更感人的场面吗？还有比这更宝贵的东西吗？朋友不以贫穷自卑，提一瓶水也要去看看儿时的朋友；发迹的富翁不忘旧情，不以为忤，反而大受感动，情不自禁，以至于流泪，这瓶"水酒"真的是含着重如泰山、穿越世俗的真情啊！所以，当我们身左身右的人，在人生路上遇到艰难，陷入泥泞之时，朋友，请伸出你的手来，把你的温暖、关怀送给他们，把真情送给他们，他们将因此而充满笑迎风雪的勇气和力量……

真情，是人世间永远的太阳！

心得便利贴

人在困境时，一句问候即是一阵春风，一杯水也是一股清泉。真挚的情感，抵得上黄金珠宝，它给人的是温暖与力量。

只要心中有爱

林 昔

这是一个没有太阳的冬日早晨,刺骨的寒气悄悄地渗进候车人的骨髓,他们都是黑人。他们时而翘首远方,时而抬头望着哭丧着脸的天空。

突然,人群骚动起来,是的,车来了,一辆中巴正不紧不慢地开了过来。奇怪的是,人们仍站在原地,仍在翘首更远的地方,他们似乎并不急于上车,似乎还在企盼着什么。他们在等谁?难道他们还有一个伙伴没来?

真的,远方隐隐约约出现了一个身影后,人群又一次骚动起来。身影走得很急,有时还小跑一阵,终于走近了,是个女人,白种女人。这时,人群几乎要欢呼了。无疑,她就是黑人们共同等候的伙伴。

怎么回事?要知道,在这个国家,白人与黑人一向是互相敌视的,是什么力量让他们如此亲近?

原来,这是个偏僻小站,公交车每两个小时才来一趟,而且这些公交车司机们都有着一种默契:有白人才停车,而偏偏这附近住的几乎都是黑人。据说,这个白种女人是个作家,她住在前面3英里处,那儿也有一个车站。可为了让这里的黑人顺利地坐上公交车,她每天

坚持走三英里来这里上车，风雨无阻。

黑人们几乎是拥抱着将女作家送上了车。

"苏珊，你好。"女作家脚还没站稳，就听见有人叫自己的名字。抬头一看，是朋友杰。

"你怎么在这儿上车?"杰疑惑地问。

"这个站，"女作家指了指上车的地方，"没有白人就不停车，所以我就赶到这儿来了。"女作家说着理了理怀里的物品。

杰惊讶地瞪着女作家，说：

"就因为这些黑人?!"

女作家也瞪大了眼："怎么，这很重要吗？"

我们也惊讶了，继而又明白了：只要心中有爱，一切都会纯如天然。女作家正是因为没有种族等级观念，正是将"黑人"与"白人"都单纯地看作"人"，才会如此自然地做着让他人觉得不可思议的"难"事。

心得便利贴

无私而伟大的爱，不因被爱者的地位不同而不同，不因种族的不同而不同，更不因贫富不同而不同。有了这种爱，世界将会变得更加和谐、更加温暖。

编织草帽的老人

从 启

非洲的某个土著部落迎来了从美国来的旅游观光团。

部落中有一位老人,他悠闲地坐在一棵大树下面,一边乘凉,一边编织着草帽。编完的草帽,他会放在身前一字排开,供游客们挑选购买。10元一顶的草帽,造型别致,而且颜色搭配也非常巧妙。这时候,一个精明的商人盘算开了:这样精美的草帽如果运到美国去,至少能够获得10倍的利润。

商人对老人说:"假如我在你这里订做一万顶草帽的话,你每顶给我优惠多少钱呀?"他本来以为老人一定会高兴万分,可没想到老人皱着眉头说:"这样的话呀,那就要20元一顶了。"批发反而要加价,这是商人闻所未闻的事情呀。

老人讲出了他的道理:"在这棵大树下没有负担地编织草帽,对我来说是种享受。可如果要我编一万顶一模一样

的草帽，我就不得不夜以继日地工作，疲惫劳累，成了精神负担，难道你不该多付我些钱吗？"

当工作不能成为一种享受而成为一种循环往复的单调时，确实会令人感到乏味，只有真正热爱工作的人，才是工作中真正幸福的人。

心得便利贴

去工作不是为了赚钱，能从工作中寻找乐趣并享受乐趣的人，才能不把工作当成一种负担。对待生活更应如此，从周而复始的单调中寻觅快乐，才能尽情享受生活的美丽。

善待别人

吴铭艺

有一个人在拥挤的车潮中开着车缓缓前进，在等红灯的时候，一个衣衫褴褛的小男孩敲着车窗问他要不要买花。他刚刚递出5块钱绿灯就亮了，后面的人正猛按喇叭催着。因此他粗暴地对问他要买什么颜色的男孩说："什么颜色都可以，你只要快一点就行了！"那男孩十分有礼貌地说："谢谢你，先生。"

在开了一小段路后，他有些良心不安，他粗暴无礼的态度，却得到对方如此有礼的回应。于是他把车停在路边，回头走向孩子表示歉意，并且给了他5块钱，要他自己买一束花送给喜欢的人。这个孩子笑了笑

并道谢接受了。

当他回去发动车子时,发现车子出了故障,动不了了。在一阵忙乱之后,他决定步行找拖车帮忙。正在思索时,一辆拖车竟然已经迎面驶来,他大为惊讶,司机笑着对他说:"有一个小孩给了我10块钱,要我过来帮你,还写了一张纸条。"他打开一看,上面写着:"这代表一束花。"

立即表达心中的想法并勇于认错的人才是真正的智者。我们不求自己的善意能得到回报,内心的释怀才是最好的回报。

心得便利贴

故事中的两个人物都是值得我们学习的,他们一个勇于承认错误,一个宽容大度,在他们身上除了爱心,我们还可以看到更动人的品质——尊重别人,帮助别人,只要人人都献出一点爱,世界将变成美好的人间。

幸运的水仙花

吴惟 编译

妈妈有一条特别心爱的裙子，上面绣着许多水仙花。妈妈说这些花会让她想起生活中令人高兴的事，即使在最倒霉的时候。的确，当大地被冰雪覆盖时，水仙花总能傲然开放，告诉我们春天已经不远了。

一天，家里的电话响了，是爸爸从纽约打来的："你妈妈出事儿了。"

我一下子瘫倒在地板上。爸爸告诉我，妈妈开车与一辆卡车迎头相撞，左膝和肘部都有开放性伤口，髋骨骨折并错位，所幸还有知觉。

我挂断电话，捂住脸哭起来。妈妈的水仙花呢？它们怎么没有保佑她呢？

我和丈夫长途驱车从马里兰赶到纽约。在医院里见到妈妈时，她已经做完手术。她见

到我最先说的话是："知道最让我难过的是什么？那条有水仙花的裙子被剪破了！出车祸时我就穿着它，但急救人员为了处理伤口不得不把它剪破，真可惜！"

回到马里兰，我立刻往卖水仙花裙子的商店打了个电话。店主告诉我，他们一年前就不卖那种款式的裙子了，但把生产商的电话告诉了我。

我满怀希望地马上联系加州的生产商，他们让我找销售部一位名叫玛丽亚的女士。"我知道您说的那种裙子，但它已经停产了。"她说。我把母亲的遭遇告诉了她，并对她说："我现在不能为妈妈做什么事，但我想送她一条她最喜欢的裙子。"

"那我给您好好找一找，"玛丽亚的话让我感到安慰，"我们的库存目录里没有，但我记得不久前见过一条，上面好像有一小片污渍。"

"我妈妈穿中号。"

"我会尽快给您回电话的。"

此后的几天里玛丽亚一直没有给我回音。我把电话打过去，她不在。一位女士告诉我，玛丽亚病了，不过她肯定搞错了，库存目录上没

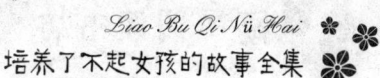

有，库房里也不会有。

挂断电话，我很沮丧。不过，我转念又想，没什么大不了的，一条裙子不会使妈妈更快痊愈的。

第二天妈妈打过来电话："你肯定想不到，今天早晨我能活动脚趾了。"这真是个喜讯，一星期前我连想都不敢想。妈妈像她喜欢的水仙花一样顽强。如果她不放弃，我也不会。

我再次打电话给玛丽亚，这一次她在。"对不起，前两天我生病了。我把库房翻了个遍，终于找到了那条裙子。它就在我手里，是中号的！有一小块污渍，但不仔细看根本看不出来。"

玛丽亚很快把裙子给我寄来了。我打开包装，噢，上帝，它真漂亮！妈妈的"水仙花理论"再次灵验。我决定给她一个惊喜。

事故发生三个月后，我们再次来到医院。当我拿着精心包好的礼物走进病房时，简直不敢相信自己的眼睛。妈妈已经能下地行走了，只不过偶尔还需要借助轮椅来保持平衡。手术留下的疤痕几乎看不见了。

"您看起来好极了！"

"我也感觉如此！"她轻快地回答。

妈妈床头的小桌子上放着一大摞问候的贺卡，在最大的一张贺卡上面，写满了祝愿：我会在教堂里为您点一支蜡烛；我时常记挂着你；我们祈祷您早日康复……每句祝福下面都有签名，但那些人我一个也不认识。

"这些人是谁？"我问道。

"车祸现场附近一个公司的职员。当时他们准备外出吃午饭，看到车祸后立刻赶到我身旁，牵着我的手为我祈祷，直到救护车赶来。他们的脸就像水仙花一样，给了我巨大的安慰。"

我把盒子递给她。"妈妈，我有件东西送给您。"我等着她发出喜悦的尖叫。妈妈撕开包装纸，打开盒子。好久她一句话不说，就那么盯着那条裙子。当她终于抬起头时，脸上已经满是泪水。"你究竟在哪儿找到它的？"

新概念阅读书坊

我告诉她，玛丽亚为这条裙子把整个库房翻了个底朝天。

善良的人们，他们就是母亲的水仙花，傲然挺立在冰雪中。春天已经不远了。

心得便利贴

只要人人都献出一点爱，世界将变成美好的人间。只要有一颗真诚善良的心，有一份执着炽热的爱，奇迹就会出现！就如同那傲然挺立在冰雪中的水仙花一样，相信阴霾终会过去，阳光将会普照大地，只因人间有爱！

让爱生爱

俞 彪

在一个村庄里,一位年轻的村妇和她的婆婆关系非常不好。她觉得婆婆一直在和她作对,处处为难她。她心里一直想着如何对付她的婆婆。

一天,年轻的村妇来到一家医院,问一位慈祥的女医生:"医生,有什么秘方可以毒死我的婆婆吗?我受不了她的虐待了。"

女医生听了,没有阻止她,笑着说:"我给你开一剂'酸泥丸',你可以在每天吃饭之前拿出一颗给她吃。只是每次给她吃'酸泥丸'的时候,你要故意装作很孝顺的样子侍候她,让她不起疑心。三个月后,你的婆婆就会有所变化,那时你来我这儿,我再给你加重药的剂量,到第一百日,必有效果。"

年轻的村妇听了,高高兴兴地拿着医生开给她的药回去给她的婆婆吃了。三个月后,她再次来到女医生的面前说:"医生,我不想毒死我的婆婆了。"

女医生问她:"你为什么改变主意了呢?""自从我听了你的话,每天吃饭前尽心侍候她吃下一颗'酸泥丸'以后,婆

婆突然改变了对我的态度，变得对我非常和善，而且抢着做家务，让我多休息，像我的母亲一样关怀我。所以，我要救我的婆婆。"村妇说着，脸上流下泪水。她带着哭腔说："医生，你快给我开一剂解毒的药。你救救她吧！"

慈祥的医生听完村妇的话，笑着说："我知道你会来的。你放心好了，你的婆婆不会死的。'酸泥丸'其实是一道可口的点心。因为你经常面带笑容给婆婆吃'酸泥丸'，婆婆感觉到了你对她的孝顺，从而改变了对你的态度，并开始善待你。要知道，你要人家怎样对你，首先应该学会怎样对人家……"

心得便利贴

有这样一个故事，一个小孩对着一座大山喊话，无论他喊什么，得到的都是相同的回应。人与人之间也是如此，你如何对人家，人家也会如何对你，所谓"投之以桃，报之以李"正是这个道理。

对镜梳妆

向 琳

曾有朋友问我:"两个少女,一美一丑,哪个更爱照镜子?"我几乎是不假思索地回答:"当然是漂亮的那一个。"朋友笑着直摇头:"不,她们是一样地喜爱。正如美和丑带给一个女人的烦恼同样多一样。"

过后沉思,觉得朋友的话对,又不全对。对者,是因为一个人的容貌是先天的,而爱美之心既是天性,却又受着后天的影响。一位作家曾说:人在镜子面前,最崇拜自己。不全对者,是因为她们在方式方法上应该有种层次和程度的区别。模样好,不能叫美,顶多算漂亮;模样不好,不能简单地叫丑,而要结合她的内心世界、气质修养,给予中肯的评价。

谁都希望自己能出类拔萃,引入注目,但纪伯伦老先生说过的一席话更应引人深思:一个人的实质,不在于他所向你显露的那一面,而在于他所不能向你显露的那一面。看一个人不要听他说出来的话,而要了解他所没有讲出来的话。

一个友人,她模样极为标致可爱,初到科里,大伙儿给了她一个亲昵的称呼"可耐",即人见人爱的意思。不料这个朋友在工作中常遇到一些难题不闻不问,人为地造成了许多差错不说,更可惜的是她弄破或丢失了公物拒不认账而连累他人。时间一长,大伙儿不但不觉得她"可耐",而是非常的可恶。究其原因,她缺乏做人的基本原则:诚实。

又有一位女友,相貌平平,却温柔纯朴,因此交了一位高大英俊的男士为友。众人皆交口称赞,又不免为那位男士抱屈。过了一段时间,

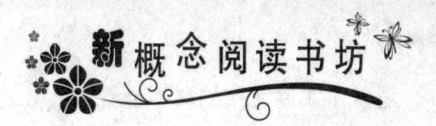

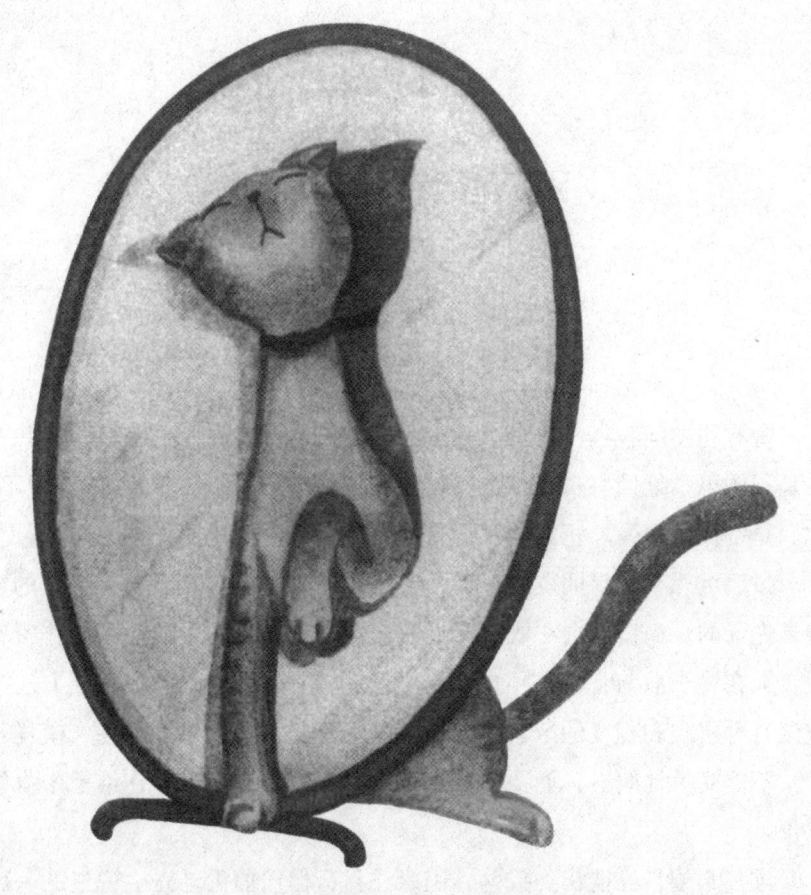

那女友有所察觉，便很自卑，趁着节假日跑到美容院垫了鼻梁，割了双眼皮，并做了酒窝。当她以姣美的容貌回到男朋友面前时，男朋友先是一愣，继而以遗憾的口吻说："你现在是漂亮，但我爱的那个人却死了。"说完挥手"拜拜"。究其原因，是她失去了那份真实和自然。

有一首歌唱得真好："平平淡淡从从容容才是真。"两性相爱，相信每个人爱的是心，而不是随意可以组装的模子。应该学会避免"美丽的误会"。

美丽、漂亮都是用来形容人和事物的褒义词。美好的事物出自灵巧的手，潇洒的仪表也应来自美好的心灵，因为它是心灵美的自然流露。当然要学会在适当的时候，做一些相应的装饰与打扮，显其庄重、素雅。但也不能遗忘，你在独对镜子梳妆时，你所不能在镜前显露的那一面更需要梳理，只有它日渐丰满，你才会长久地打动人心。

要知道，镜子中你的发型向左，而现实中你的发型是向右的。当你举右手对某个事物表示感兴趣时，镜子里却在举左手表示反对呢！

心得便利贴

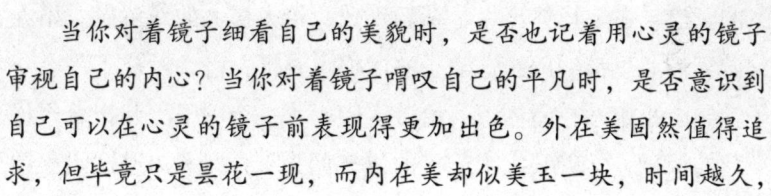

当你对着镜子细看自己的美貌时，是否也记着用心灵的镜子审视自己的内心？当你对着镜子喟叹自己的平凡时，是否意识到自己可以在心灵的镜子前表现得更加出色。外在美固然值得追求，但毕竟只是昙花一现，而内在美却似美玉一块，时间越久，越澄净迷人。

屋 檐

陈志宏

在一处古村游览风景区,一帮游客正在兴致盎然地参观清代某五品官遗下的豪宅。古宅形体庞大、精巧别致,给人极大的新鲜感。站在古宅前,游客们心里都纳闷:这宅子的屋檐也真怪,怎么做成了一个小巧的屋子?导游小姐站在屋檐下,给游客们卖了一个关子。她指着屋檐下那间小巧的屋子,学着某电视节目的语气问道:"大家知道这间小屋子是干什么用的吗?"经这么一吊胃口,大家的兴趣就来了,纷纷抢答。

有人说:"放鞋子用的。人进屋后,把鞋子脱了搁在这里。"

有人说:"训小孩用的。家里小孩犯错了就把他关在这里,闭门思过。"

有人说:"雨天进门,把伞放在这里。"

有人说:"关鸡的。"

导游小姐抿嘴一笑,无奈地摇摇头,告诉大家:"都没猜对。这是供路过此地的流浪汉遮风挡雨、歇脚过夜的。"游客们哑然。

现代人生活舒适了,不知在街上行乞者、流浪人的悲苦,谁

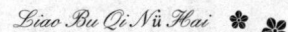

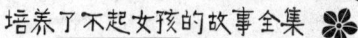

还会把他们放在心上？随着生活节奏越来越快，我们的同情心渐渐被挤进一处孤独的暗角，我们的悲悯情怀也正一点点丢失。在现实中，人们不会想着为流浪汉做一个能挡风遮雨的屋檐；在心灵里，也没有给社会上的弱者留一个充盈同情与关爱的屋檐。然而，远在清代的人给流浪汉做个屋檐，这何尝不是一种关爱他人、帮扶弱者的情怀呢？人活于世，谁没有一个难处？谁能保证自己不需要他人的帮助？

　　有能力做屋檐的人，在自己有生之年多做几处吧！没能力，那就在自己的心里搭一个屋檐，心怀天下，悲悯苍生。

心得便利贴

　　心怀天下，悲悯苍生，一个屋檐虽小，却给流浪的人和那些需要帮助的人带去了安慰，带去了温暖。如果你可以做得到，不要犹豫，请伸出你的援助之手吧！

六字箴言

熊 伟

30年前,一个年轻人离开故乡,开始创造自己的人生价值。少小离家,云山苍苍,他心里难免有几分惶恐。他动身的第一站,是去拜访本族族长,请求指点。

老族长正在临帖练字,他听说本族有个后生要开始踏上人生的旅途,就随手写了"不要怕"三个字,然后抬起头来,望着前来求教的年轻人说:"孩子,人生的秘诀有六个字,今天先告诉你三个,够你前半生受用。"

30年后,这个年轻人已过中年,虽有一些成就,不过也添了很多心事,归程日短,他又拜访那位族长。

他到了族长家里,才知道老人家几年前已经去世。家人取出一个密封的封套来对他说:"这是老先生生前留给你的,他说有一天你会回来。"还乡的游子这才想起来,30年前他在这里听到的只是人生的一半秘诀,拆开封套,里面赫然又是三个字:"不要悔。"

对了，人生在世，中年以前不要怕，中年以后不要悔，这是经验的提炼，智慧的浓缩。这六字箴言的奥秘，要一本长篇小说才说得清楚。但是，我相信对那些有智慧的人，这几个字就够了，留一点余味让人咀嚼体会，岂不更好？

心得便利贴

有时我们在人生的道路上会迷失方向，不知道自己所走的路是否会是一片光明，觉得很迷茫，但只要你信念坚定，就会走出一条属于自己的路！这六个字虽然简单，但其中却蕴含着丰富的人生哲理和智慧！

守 时

李忠东

1779年，德国哲学家康德计划到一个名叫珀芬的小镇去拜访朋友威廉·彼特斯。他动身前曾写信给彼特斯，说3月2日上午11点钟前到他家。

康德是3月1日到达珀芬的，第二天早上便租了一辆马车前往彼特斯家。朋友住在离小镇20千米远的一个农场里，小镇和农场中间隔了一条河。当马车来到河边时，车夫说："先生，不能再往前走了，因为桥坏了。"

康德下了马车，看了看桥，发现中间已经断裂。河虽然不宽，但水很深，而且结了冰。

"附近还有别的桥吗？"他焦虑地问。

"有，先生。"车夫回答说，"在上游10千米远的地方还有一座桥。"

康德看了一眼怀表，已经10点钟了。

"如果走那座桥，我们什么时候可以到达农场？"

"我想要 12 点半。"

"可如果我们经过面前这座桥，最快能在什么时间到？"

"不用 40 分钟。"

"好！"康德跑到河边的一座农舍里，向主人问道："请问您的那间破屋要多少钱才肯出售？"

"您会要我这简陋的破屋，这是为什么？"农夫大吃一惊。"不要问为什么，您愿意还是不愿意？"

"给 200 马克吧！"

康德付了钱，然后说："如果您能马上从破屋上拆下几根长的木条，20 分钟内把桥修好，我将把破屋还给您。"

农夫把两个儿子叫来，按时完成了任务。

马车快速地过了桥，在乡间公路上飞奔着，10 点 50 分赶到了农场。在门口迎候的彼特斯高兴地说："亲爱的朋友，您真准时。"

心得便利贴

虽然只是一件小事，但康德仍想尽办法准时赴约，我们也应该像他那样，信守承诺，遵守人生的约定。即使实现约定的希望很渺茫也要努力创造条件，直面问题，为自己赢得更多的契机。

月亮的女儿

凯西·弗莉

每天，当最后一缕阳光隐没到山坡背后，6岁的小女孩芭丽·费特纳就会走出自己的房间，来到户外。她看着群星出现，月亮升起，便在月光中光着脚丫欢快地跳着、舞着。

"当月亮出现时，我就安全了。"她一边说，一边旋转起舞。芭丽不知道太阳照在脸上那种暖融融的感觉。和其他小孩不同，她是"月亮的孩子"。芭丽出生3个月后，腿上、胳膊上和脸上开始出现雀斑，9个月大时被发现是XP病患者。"XP"是着色性干皮病的缩写，一种罕见的遗传病，100万人中只发生一例。该病患者被太阳光损伤的皮肤不能自己修复，被任何紫外光照射（包括从窗户照进来的非直射光和荧光灯），都可能导致严重后果，XP患者得皮肤癌的几率是普通人的1000倍。此病目前还无法治愈。

这是残酷的疾病，患者大部分时间要生活在与太阳光隔绝的空间里。有些病人最终可能会失明、毁容或者神经退化，最终导致大脑反应迟缓。

芭丽的父母从没想象过在黑暗中抚养小孩会是怎样的情形。为了不出危险，白天窗户的光都要遮住，芭丽被绝对禁止在日光下活动，哪怕只是一会儿。当家人打开门和邻居说话或是出去取信件时都特别注意，以防太阳光照射到芭丽。

家人用防紫外线的特殊塑料材料换下了窗纸；调整了作息时间，将睡觉时间延后，以便芭丽在黑暗中活动的时间更长些。

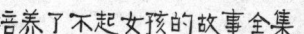

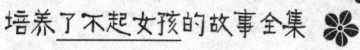

当芭丽 18 个月大时，父亲打听到弗吉尼亚有一个地方用美国宇航局设计的材料生产从头到脚防阳光的制服，但一套制服价格高达 2000 美元。芭丽的父亲是餐馆的招待，母亲没工作。家里为芭丽看病已经花了很多钱，实在没钱买防护服。朋友们和好心的陌生人都来帮助他们，通过义卖和捐款筹到了 5000 美元，足够买两套防护服，众人齐心协力要把些许阳光带进芭丽的生活。

刚开始，芭丽很不喜欢穿这样的外套，特别是在夏天，犹他州的温度有时高达四十多摄氏度，穿那样的衣服太闷热。

"这像个睡袋。"芭丽钻进了防护服里，因为她要去好朋友坎布拉·迪斯摩家玩。在妈妈帮她调整了头罩和眼镜后，她飞奔出门，穿过耀眼火热的正午阳光，钻进坎布拉家的后门，迅速脱下了套装。

费特纳家周围的许多邻居都调整了自家的窗户以便芭丽能过来玩。为了芭丽的安全，芭丽就读的华盛顿小学和芭丽常去教堂的每扇窗户都经过调整。

2002年秋天,社区筹款为芭丽建了个室内的儿童游乐场。游乐场就在费特纳家旁搭建,里面有秋千架、小游泳池,天花板上画着蓝天白云。这项工程先后有一百五十多个人义务参与其中。"我不能想象如果一个小孩不能奔跑,不能尽情地荡秋千会是什么情形。"艾德·布莱威——一个提供了建筑材料和工人的建筑承包商说,"这都是人生中的一些小乐趣。"现在芭丽能在自己的天空下荡秋千。费特纳一家甚至找到了办法度假——在天黑之后旅行,并在芭丽进房间前在酒店的窗户上贴上黑色的塑料片。他们已经玩过了迪斯尼乐园,父亲还梦想有一天能带着女儿飞到巴黎尽情享受那里的美丽之夜。

在温暖而晴朗的散发着植物芬芳气息的傍晚,芭丽·费特纳问妈妈:"天足够黑了吗?"在得到妈妈允许后,她兴奋地打开大门冲到新鲜的空气中,爬到后院的蹦床上,在星空下跳跃,辫子飞扬,芭丽越跳越高,越来越接近月亮了。

心得便利贴

凡·高说:"爱之花盛开的地方,生命之花便能欣欣向荣。"如果世界上充满了爱,那世界就会遍布光明与温暖,即使遭遇困难,我们也仍然可以相信生活,期待幸福。

从高墙到花园

[美] 埃莉·波尔多　李群　译

几年前，我们在自家屋外修建了宽大的露台和游泳池，从露台那里望去，满目的湖光山色给我们带来许多快乐。我们从没想到这个泳池会妨碍别人，也没想到隔壁的邻居会非常讨厌它，觉得它打扰了他们的安宁，乃至降低了他们的生活质量，因为他们从来没说过什么。

但是有一天，隔壁忽然立起了一堵巨大的胶合板高墙，我们简直惊呆了。墙足有2米多高，46米长，巧妙地挡住了湖光山色，令我们除了木板什么也看不到。我和丈夫都是通情达理的人，于是我们打电话给邻居："您好像很生气，所以筑了这样一堵墙，我们能不能想个办法解决问题？请您过来谈一谈好吗？我们修建游泳池时绝对没有伤害您的意思。"邻居的回答至今仍回响在我耳边："谁在乎你想什么？你毁了我们的东西，我们不想跟你说话。"我放下电话，气得发抖。"我不明白，为什么他们不想解决问题？"我问丈夫。丈夫的回答很简单："他们生气了。他们想伤害我们，因为他们觉得被我们伤害了。"

几番争取之后，很

显然，协商是不可能了，我们打算做些什么报复对方，但15岁的儿子阻止了我们。"你知道，"他说，"如果我们报复，就会陷入一场战争，我们跟他们对着干，他们也跟我们对着干，谁都不得安宁。""你是对的，"我又恢复了理智，"让我们换个角度想想。"

冷静下来，我们开始从不同角度看这堵墙。它的确阻挡了我们的视野，但最讨厌的是因它引起的感觉。一看到它，我们就感到失落和挫折，提醒我们有人讨厌自己，这令我们心里很不舒服。墙一直延伸到起居室外，将窗口的视野遮个严严实实。没有墙的时候，早晨我们会坐下来一边喝咖啡，一边看风景，感受世界的安宁。如今向外望去，却只感到令人心寒的冷意。我们看着墙壁，研究可以做些什么，丈夫说："我们可以用墙当背景，建一座小花园。如果能发挥创造力，也许它可以变得非常美丽。"于是我们开始动手改造。丈夫和儿子做了格子架，好让植物攀缘生长，最终把木板掩藏起来。我看着他们一起干活，吹着口哨，聊着天，相互帮忙。朋友们知道了事情的原委，争相出手相助。他们纷纷贡献点子、时间、花花草草。我们有很多艺术家朋友，他们带来自己的原创作品，包括亲手制作的鸟笼、蝴蝶巢和小鸟嬉戏的水盆。一位朋友甚至把鸟窝塑造成我丈夫的形象！我们一起挑选了藤蔓，用它覆盖格子架。待到夏天结束，那座墙，以及它所代表的怒气和所有消极感觉，已经变成了簇新的花园，成为爱、友谊与和平的象征。美丽的小花园带给我许多欢乐和思考，而最重要的是我可以选择自己的态度，拒绝愤怒，转而拥抱这世界的和平与善意。

心得便利贴

　　同样的夕阳，诗人会看见哀愁，画家会看见美景，只因态度不同，因而感受各异。在生活中，不妨将心态调整平和，用轻松和气的心态面对生活，每一天都将收获快乐。

"伯伯，挺冷吧？"

西尾富

那是今年初春的事了，当时早晚还残留着一些冬季的寒意。一天早晨，我在向平时上下班的电车站走去的途中，看到有两三个四五岁的男孩在嬉戏。当我正准备从他们身边走过去的时候，一个男孩仰着头看着我说："伯伯，挺冷吧？"我也自然地顺口答道："嗯，真冷啊，小淘气儿。"回答后便走过去了。因为意外地听到这个小男孩的话，我心里感到十分温暖，感到迈出的步伐都轻快了。

几天后的一个傍晚，我下了电车，走在回家的路上。前几天孩子们蹦着跳着玩耍的广场已经完全被雪覆盖了，只是在那广场的一端，还延续着仅能容一个人通过的足迹。我正踩着那些脚印一步一步往前走的时候，觉得身后好像有人。接着，"这路可真窄呀！"一个可爱的男孩的说话声传了过来。这是前些日子向我打招呼的那个男孩吗？我这样想着，回头一看，那个男孩已经毫不介意地走过去了。我已经没法儿回答他了。我忘记了路的难走，心情爽快地回到了家。

"伯伯，挺冷吧？""这路可真窄呀！"这些话的确很简单，可是这简单的一言一语，当时却深深地打动了我。这也许是出自那个男孩特有的敏锐的直观：看到一个似乎很冷的过路人随口说了一句，"伯伯？挺冷吧？"看到一个在狭窄的路上行走艰难的行人，便追上来，漫不经心地说了一句"这路可真窄呀！"而已。可是，正是这种能把自己看到的真实情形如实地、毫不犹豫地向陌生人说出来的孩子身上特有的那种天真、亲切温暖了我的心，使我心中无比畅快！

由这件事，我又记起了另一件愉快的往事。那已经是距今二十多年，我在中学里教国语时的事了。

4月初的一个早晨，我像往常一样，下了电车以后，享受着春季早晨特有的阳光，朝着学校的方向缓步走去。途中，穿过公园的樱花树林，快要迈上柏油路的时候，一个学生从我身旁快步走过。我无意中看了一眼，是一个身穿崭新制服，像是入学不久的学生。一会儿，从我身后又走过来一个学生，他赶过正缓步走着的我，向我问候道："老师早！"我一看，原来是我教的一个五年级学生。这时，刚才超过我的那个新生不知想起了什么，一下站住了，然后当我一走近，他便摘下帽子说道："老师早！""你早！"我的话音还未落，他又接着说："老师，刚才我不知道您是老师。"

不管是对老师，还是对同学，必须要用清晰的话语问候，这是这个中学的守则之一。这个新生恐怕也是很快地受到了这种教诲吧，所以，当他意识到自己对一位老师欠了问候时，马上原地站住，向老师问好，并且还似乎为刚才的失礼进行了道歉。

想想看，这的确是令人称道的言行。无论是谁，当他意识到自己做的事情有错误时，能这样毫无顾忌地承认错误，并坦率地改正，是多么可贵啊，遇到了这样一个学生的我也顿时心情愉快地跨入了校门。

新概念阅读书坊

以后，我时常记起这桩往事，并且，那个少年郑重的面孔、劲头十足的声音还活生生地能够看到和听到。每当我想起"刚才我不知道您是老师"这句话，就不能不被他的真诚所打动。像这样不加修饰地吐露出的话语，具有奇迹般打动人心、使人愉快的力量。它使得黯然忧郁的心胸豁亮，使得冰冷滞固的心融化。恰恰是这样的语言，才可以称得上是具有生命力的语言！

我在这里所记起的，也可能仅仅是可称作孩子们特有的、天真无邪的表现而已。然而，如果我们能够经常注意语言的纯净化，我想即使是过了特有的年龄阶段之后，这样具有生命力的语言不仅不会失去，而且它将被培育成强有力的、价值很高的东西，同时还能够由此培养出人才，使社会变得更美好。

心得便利贴

语言是传递爱的工具，是一种人与人紧密联系的媒介，它为心灵的沟通架起了桥梁。学会爱的言语，不要吝惜爱的给予，不只是对你爱的人说，还要大声对你身边的人说，因为爱是我们与他人心灵沟通的桥梁。

第二章 Chapter 2

我肯定能行

近朱者赤，近墨者黑。高贵也是这样，没有一种高贵可以遗世独立。

要想保持自己的高贵，就必须拥有高贵的"邻居"；要想拥有一片高贵的花的海洋，就必须与人分享美丽，同大家共同培植美丽。只有这样，我们才能保持自身的纯洁和华贵。

大师风范

广 宇

匈牙利钢琴家李斯特和奥地利钢琴家塔尔裴尔希，两个人都有很多忠实的崇拜者。

1836年，两位音乐大师几乎同时来到巴黎演出，这自然引起了人们的普遍关注和议论。两个人的追随者都认为自己崇拜的音乐大师是最优秀的，双方开始辩论，甚至在报纸上互相指责，特别是一些音乐界人士加入了双方的争论之后，矛盾进一步被激化了。

当时，李斯特和塔尔裴尔希并没有见过面，但对社会上的舆论都已

有所耳闻。为了平息这场无意义的争吵，他们不谋而合地走到了一起，决定举行一场联合演奏会。

他们配合默契，珠联璧合，演出非常成功。演出结束时，在长时间的热烈掌声中，他们互相拥抱，彼此祝贺，然后手拉着手一起走到台前，一起向观众致意，一起把献给他们的鲜花抛向热情的观众。他们精湛的演奏技艺和竞争中的友情，使他们的崇拜者心满意足，握手言和。

后来，李斯特和塔尔裴尔希成了莫逆之交。他们相互学习、借鉴对方的优点，一起攀登艺术的高峰。世人不仅喜爱他们的艺术，更敬重他们的人格。

心得便利贴

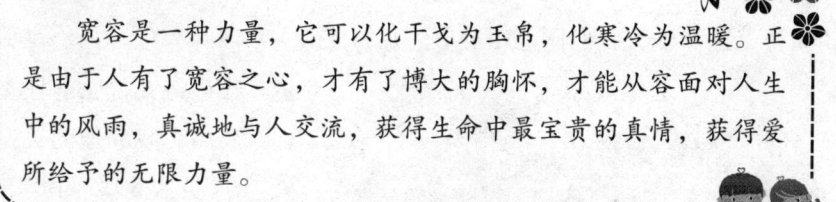

宽容是一种力量，它可以化干戈为玉帛，化寒冷为温暖。正是由于人有了宽容之心，才有了博大的胸怀，才能从容面对人生中的风雨，真诚地与人交流，获得生命中最宝贵的真情，获得爱所给予的无限力量。

沉默是金

若 莲

那天本是一个阳光灿烂的日子。早晨一上班,我就被经理叫到他的办公室。经理满脸笑容,对我说:"公司经过反复研究,慎重考虑,觉得你是接任办公室主任的最佳人选。怎么样,年轻人,有没有信心?"

我听得心花怒放。昨天晚上还在为当主任的事绞尽脑汁,今天一上班,馅饼就从天上掉下来了。说实在的,自从参加工作以来,我的表现一直都非常好,只不过,同科室的另一位同事是我强有力的竞争对手。论资历,论才干,我们俩不相上下。我和他的关系也很要好,只不过最近,准确点儿说,前任主任调离后,我和他的关系就有点儿微妙。明摆着的,谁不想升职啊。

人一高兴,舌头就特别灵活。那天的我,特别健谈,从公司的近忧到公司的远景,我是侃侃而谈,经理是听得连连点头。不知怎的,最后话题竟然聊到了那位同事身上。不知是为了迎合经理,还是别的什么,我讲

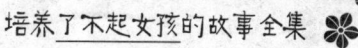

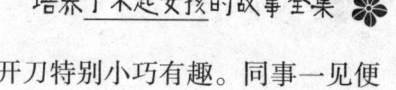

起了有一次大家到酒楼吃饭，开酒瓶的开刀特别小巧有趣。同事一见便爱不释手，最后趁服务员不注意揣到了自己的裤兜里。我另外还讲了些什么，我记不清了。总而言之，那天的我觉得自己的同事是一个非常有趣的话题。

几天之后，正式任命下来了。让我大跌眼镜的是，主任并不是我，而是那位同事。经理语重心长地对我说了句："年轻人，沉默是金啊。"后来，我才明白，和我谈过话后，经理又和那位同事谈了话，委婉地提及我可能出任主任，希望他能够支持我的工作。同事对我的评价非常地中肯，也正是这一点让经理最后舍我而取他了。

心得便利贴

语言是一个人的脸面，为了一时之利而口不择言，恶意中伤别人无异于暴露出自己鄙陋的一面。谦谦君子视道德为生命，"不蔽人之善，不言人之恶"，明白沉默是金的道理，这样才能一直保持高贵的品格，为世人所尊敬。

我肯定能行

刘 艺

那年,本以为能考上重点大学的我却意外落榜了。尽管父母支持我复读,但是我知道贫困的家已经拿不起我复读的费用了,所以我拒绝复读。

我回到家的第三天,村小学的老校长找到了我,说学校里急需老师,希望我能去给孩子们当老师。

第一堂课下课铃一响,我刚要走下讲台,有个孩子突然站起来说:"老师,你还没有告诉我们你的名字。"我循声望去,是坐在后面角落里的一个男孩。我看了看他,说:"你们以后喊我刘老师就可以了。"说完,我走下了讲台。刚走到门口,又听见那个男孩大声喊:"刘老师,我叫王勇敢,小名铁蛋。"身后,是同学们的哄笑声。

第二天上课的时候,我故意点了王勇敢的名,让他来读课文。刚点完名,下面便爆发出一阵哄堂大笑。我觉得很奇怪,示意同学们安静。当他读完课文后,我终于知道了同学们哄堂大笑的原因:王勇敢读得错字连篇。看来,王勇敢的学习成绩真够差的。尽管,他读错了许多字,同学们不时地笑他,但他好像一点也不在乎,脸上带着憨憨的笑,仿佛他读得很好。

下课后,我在办公室和一位老师聊起了王勇敢。这位老师说:"这孩子说起来很可怜,他爹去年外出打工被车撞死了,他娘改嫁了,他跟着爷爷奶奶过。他学习差得很,9岁才上学,去年直接念的三年级,怎么能跟上呢?"

放学后,我在路上看见了王勇敢。他背着一个很破的布书包,一个人边走嘴里还边嘀咕着什么。我问:"王勇敢,你一个人嘀咕什么呢?""老师,我在背课文。"他说着,从书包里拿出语文课本,翻开其中一页,指着一个字问我:"老师,这个字念什么?"

我说:"这个字念'翼',以后遇到不认识的字,老师不在你就查字典。""老师,我没有字典,爷爷说等我语文考90分,就给我买本字典。我一定能行。"他说着攥了攥小拳头。回到家,我把自己上学时用的字典和文具盒等一些学习用品找了出来,送给王勇敢。王勇敢说:"老师,我一定要考个90分给你!"我看见他的眼里泛起了泪花。

期中考试后,四门课王勇敢只有数学一门课及格了。我担心他知道自己的成绩后会难过,就想找他谈心,安慰安慰他。没想到,我还没找他,他却找到我的办公室来了。他很高兴地对我说:"老师,老师,我的数学这次及格了!"看他一脸兴奋的样儿,我有些愕然,刚刚考及格,怎么这么高兴呢?"老师,这是我第一次考及格,我想,很快我就能给你考个90分了,你等着瞧吧!"王勇敢说完,就跑出了办公室,像只快乐的小鸟。

我怎么也想不明白,一个遭遇这么悲惨、学习成绩被别人远远抛在后面的孩子怎么会有这么难得的自信,这么难得的乐观?而我呢?曾经的豪情壮志经不起一次落榜的打击,曾经的梦想不知丢到哪里去了。那个学期,王勇敢是班里唯一没有缺课、迟到的学生。虽然他没有考90分,但是期末考试他四门课全部及格了,尤其是语文成绩,竟然考了82分。虽然没考到90分,但他并未感到沮丧,只是很认真地对我说:"老师,我能行的,我一定

能考个90分给你看,你等着瞧吧!"

  现在,我已经成为一所重点中学的特级教师,而当年那个自信、乐观的小男孩王勇敢已经在上海一所大学读书。每一学年开学,我都把王勇敢和我自己的故事讲给我的学生听,我希望他们无论家庭是贫是富、学习成绩是好是差,无论遇到多大的挫折,都不要灰心,要坚信"我肯定能行"。

心得便利贴

  逆境虽然让人痛苦,但经历挫折失败,可以增加人生的财富。当挫折来临时,是正视,还是逃避?是勇敢地克服,还是一味地沉沦?选择不同的态度,就会拥有不同的人生。

碗中的金币

沁 涵

乔治是一个喜欢开玩笑的庄园主,圣诞节前夕,他觉得应该给予兢兢业业的管家以嘉奖。于是他拍着管家杰克的肩膀说:"这里有四大碗粥,我在其中一碗的碗底放了两枚金币,亲爱的杰克,看看你的运气怎么样了。"

杰克非常渴望得到金币,但是他不确定究竟哪个碗里放有金币。他犹豫着把第一碗里的粥喝了一部分,忽然觉得金币应该在第二个碗里,于是他又去喝了一半第二碗的粥,但是心里还是不甘心,便把第三碗的粥又喝掉了一部分,最后又改变了主意,第四碗粥又被他艰难地喝了一

半——这时候,杰克感到自己的胃里再也装不下任何东西了。

结果,他一枚金币也没有得到。

其实,乔治在每碗粥的碗底都放了两枚金币,他只要随便喝掉一碗美味的粥,就会得到梦寐以求的金币了。

浅尝辄止常常会致使我们失去唾手可得的成功。

心得便利贴

生活中,成功就像是沉船中的宝藏,需要我们目标专一、耐心地沉下去打捞,这样才能有所收获。如在海面上东一网西一网地打捞,那势必将一无所获。想要成功,就要杜绝浅尝辄止。

高贵的秘密

李雪峰

一个精明的荷兰花草商人，千里迢迢从遥远的非洲引进了一种名贵的花卉，培育在自己的花棚里，准备到时候卖上个好价钱。对这种名贵的花卉，商人爱护备至，许多亲朋好友向他索要，一向慷慨大方的他却连一粒种子也不给。他计划繁育三年，等拥有上万株后再开始出售和馈赠。

第一年的春天，他的花开了，花圃里万紫千红，那种名贵的花开得尤其漂亮，就像一缕缕明媚的阳光。第二年的春天，他的这种名贵的花已繁育出了五六千株，但他和朋友们发现，今年的花没有去年开得好，花朵略小不说，还有一点点的杂色。到了第三年的春天，他的名贵的花已经繁育出了上万株，令这位商人沮丧的是，那些名贵的花的花朵已经变得更小，花色也差多了。完全没有了它在非洲时的那种雍容和高贵。当然，他也没能靠这些花赚上一大笔。

难道这些花退化了吗？可非洲人年年种养这种花，大面积、年复一年地种植，并没有见过这种花会退化呀。百思不得其解，他便去请教一位植物学家，植物学家拄着拐杖来到他的花圃看了看，问他："你这花圃隔壁是什么？"

他说："隔壁是别人的花圃。"

植物学家又问他："他们种植的也是这种花吗？"

他摇摇头说："这种花在全荷兰，甚至整个欧洲也只有我一个人有，他们的花圃里都是些郁金香、玫瑰、金盏菊之类的普通花卉。"

植物学家沉吟了半天说:"我知道你这名贵之花不再名贵的致命秘密了。"植物学家接着说:"尽管你的花圃里种满了这种名贵之花,但和你的花圃毗邻的花圃却种植着其他花卉,因此你的这种名贵之花一年不如一年,越来越不雍容华贵了。"

商人问植物学家该怎么办,植物学家说:"谁能阻挡住风传授花粉呢?要想使你的名贵之花不失本色,只有一种办法,那就是让你邻居的花圃里也都种上你的这种花。"

于是商人把自己的花种分给了自己的邻居。次年春天花开的时候,商人和邻居的花圃几乎成了这种名贵之花的海洋——花朵又肥又大,花色典雅,朵朵流光溢彩,雍容华贵。这些花一上市,便被抢购一空,商人和他的邻居都发了大财。

近朱者赤，近墨者黑。高贵也是这样，没有一种高贵可以遗世独立。要想保持自己的高贵，就必须拥有高贵的"邻居"；要想拥有一片高贵的花的海洋，就必须与人分享美丽，同大家共同培植美丽。只有这样，我们才能保持自身的纯洁和华贵。

心灵无私，这是我们保持自身高贵的唯一秘密。

心得便利贴

心有多大，成功的概率就有多大。当你的心灵秘密开始与别人分享时，你会发现，在彼此的帮助中，心灵越发的纯洁高贵。有容乃大，是一种心态，更是一种能够带领你走向成功的秘诀。

因为温暖

星 竹

在2002年11月，四川平阳煤矿一处山洞正要进行爆破。山洞里已经装上了8.5吨的高效炸药。山洞由9个大小不一的支洞组成，四通八达，地形复杂。爆破需要完美而统一，不能有任何疏漏。为此，上上下下的参与者做了精心的准备。

谁想，就在万事俱备，即将爆破前的两分钟，还是出了问题。埋伏在山上的爆破人员，惊动了蒿草中的一只小鹿，小鹿择路而逃，慌乱中竟然一头跑进了装满炸药的山洞。

爆破人员大惊，谁也没有想到关键时刻会出现这种意外，爆破计划只能暂时停止。人们开始为怎样将这只小鹿赶出山洞而焦急。洞中的小鹿，会影响整个爆破的质量。如果小鹿趴在炸药上，那么爆破的精准就会大打折扣。

同时人们还担心，小鹿会在奔跑中踩乱甚至踩断洞中的雷管，洞中用来引线的雷管都是明摆浮搁着的。总之，这只突然闯入的小鹿给整个爆破带来了巨大的麻烦。

人们都慌了。在此情况下，要想将小鹿活捉并弄出山洞是一件根本不可能的事。洞中的9个山洞彼此相通，小鹿可以从一个山洞钻到另一个山洞，人怎么可能追上一只小鹿？而爆破的时间迫在眉睫，不能拖延。

整个爆破组的人焦急万分。有人建议，干脆进洞，用枪将小鹿杀死。有人说不然就放上带毒的食物，将小鹿毒死……危急时刻，小鹿活命的可能性接近于零。如果让它活下来，谁也不知道该用多少时间。

然而所有人又都觉得这样将小鹿置于死地，未免有些残酷。人们不是不想让小鹿活下来，只是爆破的时间刻不容缓。再说这是上千万元的工程，相比之下，小鹿的分量已经轻得不能再轻。

一个平日信仰宗教的工程师却不忍心杀死小鹿，关键时刻，他反对所有人的建议，认为杀死小鹿实在有悖于道德。他向大家咨询，小鹿为什么会跑进山洞，矿上的人告诉他，眼下天寒地冻，山洞里总比外面温暖一些，小鹿是因为温暖才误入歧途。原来温暖竟成了小鹿死亡的诱饵。

"那么如果外面比山洞里还要温暖，小鹿会不会再次因为投奔温暖而逃出死亡的陷阱？"工程师的话启发了人们，矿上正有用来送暖的吹风机，于是人们搬来吹风机，接上一条无声的软管。在一个较为隐蔽的洞口开始向洞里输送暖风。

谁也不知道这个法子行不行，人们无不焦急地等待着，四下静得无声。十几分钟过去了，人们的眼前豁然一亮，那只小鹿果然出现在了这个隐蔽的洞口，它真是顺着温暖而来。埋伏在周围的工人迅速地切断了

小鹿再回到洞中的去路。一切安然无恙，小鹿死里逃生，爆破可以顺利进行。人们无不为之兴奋，甚至比爆破的成功还要欣慰，因为在危急时刻，大家竟奇迹般地解救了一条本来已经被宣布死亡的生命。

对待一条因为温暖而误入歧途的生命，同样的温暖原来会挽救它。人们不必因为它的过错而以恶报恶，更不用匆忙地宣判它死刑。

心得便利贴

一面是一个无辜的生命，一面是工程复杂的爆破现场，善良的人们凭借着自己的智慧让生命得以延续，让工程得以圆满完成。对待误入歧途的人，应以一颗温暖的心感化他冰封的心灵，要知道，其实他的心也在渴望着温暖。

放下就是快乐

韩 杰

有一个富翁背着许多金银财宝，到远处去寻找快乐。可是走过了千山万水，也未能寻找到快乐，于是他沮丧地坐在山道旁。一个农夫背着一大捆柴草从山上走下来，富翁说："我是个令人羡慕的富翁。请问，为何没有快乐呢？"

农夫放下沉甸甸的柴草，舒心地揩着汗水："快乐也很简单，放下就是快乐呀！"富翁顿时领悟：自己背负那么重的珠宝，老怕被别人抢，总怕别人暗害他，整日忧心忡忡，快乐从何而来？于是富翁将珠宝、钱财接济穷人，专做善事，慈悲为怀，这样滋润了他的心灵，他也尝到了快乐的味道。

时下，人们成天名缰利索缠身，何有快乐？成天陷入你争我夺的境地，快乐从何而言？成天心事重重，阴霾不开，快乐又在哪里？成天小鸡肝肠，心胸如豆，无法开豁，快乐又何处去寻？

　　因此，"放下就是快乐"是一味开心果，是一味解烦丹，是一道欢喜禅。只要你心无挂碍，什么都看得开、放得下，何愁没有快乐的春莺在啼鸣，何愁没有快乐的泉溪在歌唱，何愁没有快乐的鲜花在绽放！

心得便利贴

　　曾几何时，当我们单纯地为梦想而打拼，汗水、泪水也是快乐；当我们被生活的枷锁缚住了手脚，梦想便变了味道，快乐便隐遁而去了。品一盏香茗，看一本好书，给心灵放一个假，卸下名利，卸下愁闷，卸下不该背上的一切负担，其实快乐很简单。

高贵的补鞋匠

阿利·玛利尼

他是一个上了年纪的补鞋匠,铺子开在巴黎古老的玛黑区。我拿鞋子去请他修补,他先是对我说:"我没空。拿去给大街上的那个家伙吧,他会立刻替你修好。"

可是,我早就看中他的铺子了。只要看到工作台上放满的皮块和工具,我就知道他是个巧手的工艺匠。"不成,"我回答说,"那个家伙一定会把我的鞋子弄坏。"

"那个家伙"其实是那种替人即时钉鞋跟和配钥匙的人,他们根本不懂得修补鞋子或配钥匙。他们工作马虎,替你缝补完鞋的带子后,你倒不如把鞋子干脆丢掉。

那鞋匠见我坚持不去,于是笑了起来,他把双手放在蓝布围裙上擦了一擦,看了看我的鞋子,然后叫我用粉笔在一只鞋底上写下自己的名字,说道:"一个星期后来取。"

我将要转身离去时,他从架子上拿下一只极好的软皮靴子,得意地

说:"看到我的本领了吗?连我在内,整个巴黎只有三个人能有这种手艺。"

我出了店门,走上大街,觉得好像走进了一个簇新的世界,那个老工艺匠仿佛是中古传说中的人物,他说话不拘礼节,戴着一顶形状古怪、布满灰尘的毡帽,奇特的口音不知来自何处,而最特别的,是他对自己的技艺深感自豪。

在现代社会里,人们只讲求实利,只要"有利可图",随便怎样做都可以。人们视工作为挣钱的手段,而非发挥能力之道,在这样的时代里,看到一个补鞋匠对自己一件做得很好的工作感到自豪,并从中得到极大的满足,实在是难得遇到的快事。

出色的工作就是高贵的头衔。一个认真而又诚实的工匠,无论做哪一门手艺,只要他尽心尽力,忠于职守,除了保持自尊之外别无他求,那么,他的高贵品质实不亚于一个著名的艺术家。做人堂堂正正才是唯一真正的高贵的品质。

心得便利贴

爱自己所从事的工作,因它而满足,因自己亲手创造出的成果而自豪,这的确是一个人高贵的品质。事无巨细,人无贵贱,认真对待工作的人,是最值得尊重的。

两分钟的短歌

冯俊杰

她喜欢音乐,在十五六岁时,就开始为了音乐而努力,同时放弃了很多东西。

原来可以拿去买新衣服的钱,缴了学声乐的学费;原来可以去爬山游泳的时间,变成了每天10小时的声乐练习;原来可以去交往的很多朋友,也因为忙碌而渐渐疏远。

那么多年,她不断地努力,只为了能在台上唱好只有一分钟或者两分钟的短歌。要让第一个音到最后一个音都是完美而没有瑕疵,她才释怀,才能够在万人瞩目的台上优雅鞠躬并且微笑。

她终于成功了。

在一家著名的剧院唱了一年,一切都向着她生命的巅峰发展。可是,她却不肯再续约了。

亲人苦苦地追问她原因,甚至哀求她,要她答应人家的聘约再唱下去,放弃苦练多年的歌唱事业

实在是很可惜的一件事。

可是她却说:"开始的时候是很兴奋的,可是慢慢觉得,日复一日,在别人的安排下,每个月拿着薪水唱着同样的歌,心里的感觉就不对了,我学音乐的目的原来并不是这样的。"

是啊,我们为之坚持的东西,在生命里会不断地被附加上别的东西,直到最初的目的面目全非。在很多个晚上,我们无法不追问自己,那曾经的梦想,到底在哪儿呢?比如那自由而纯粹、精致而绝美的歌声!

比坚持更难的,其实是放弃,尤其在我们已经付出了那么漫长的努力之后。但是,没有什么比我们内心深处发出的声音更加值得服从。

心得便利贴

我们最后所实现的,也许并不是最初的理想,如果你感到满意,就坚持下去;如果你不快乐,就要懂得放弃。在某一个夜晚,你是否静心想过:我内心想要的到底是什么呢?

被人相信是一种幸福

李培东

一艘货轮在烟波浩渺的大西洋上行驶,一个在船尾搞勤杂的黑人小孩不慎掉进了波涛滚滚的大西洋。孩子大喊救命,无奈风大浪急,船上的人谁也没有听见,他眼睁睁地看着货轮拖着浪花越来越远……

求生的本能使孩子在冰冷的水里拼命地游,他用全身的力气挥动着瘦小的双臂,努力使头伸出水面,睁大眼睛盯着轮船远去的方向。

船越走越远,船身越来越小,到后来,什么都看不见了,只剩下一望无际的汪洋。孩子的力气也快用完了,实在游不动了,他觉得自己要沉下去了。放弃吧,他对自己说。这时候,他想起了老船长那慈祥的脸和友善的眼神。不,船长知道我掉进海里后,一定会来救我的!想到这里,孩子鼓足了勇气用生命的最后力量又朝前游去……

船长终于发现这黑人孩子失踪了,当他断定孩子是掉进海里后,便下令返航回去找。这时,有人规劝:"这么长时间了,就是没有被淹死,也让鲨鱼吃了……"船长犹豫了一下,还是决定回去找。又有人说:"为一个黑奴孩子,值得吗?"船长大喝一声:

"住嘴！"

终于，在那孩子就要沉下去的最后一刻，船长赶到了，救起了孩子。

当孩子苏醒过来，跪在地上感谢船长的救命之恩时，船长扶起孩子问："孩子，你怎么能坚持这么长时间？"

孩子回答："我知道您会来救我的，一定会的！"

"你怎么知道我一定会来救你？"

"因为我知道您是那样的人！"

听到这里，白发苍苍的船长"扑通"一声跪在黑人孩子面前，泪流满面，"孩子，不是我救了你，而是你救了我啊！我为我在那一刻的犹豫而感到耻辱……"

一个人能被他人相信也是一种幸福。他人在绝望时想起你、相信你，对你来说是一种幸福。

心得便利贴

这个故事中黑人孩子对船长的信任使他自己坚持到最后，他终于得救了。而老船长也被这个孩子的信任而感动，获得了莫大的幸福。人与人之间因为有了信任才更加融洽，多给别人一点信任，多给别人一份关怀，这个世界就会充满爱。

掌 声

剑 锋

"并不是每一个人的表演都能赢得热烈的掌声。"

三叔一见我，就对我讲他年轻时候的事，开头总是这么一句。我对这样开头的故事从不感兴趣，也就没一次认真听完过。

后来，三叔病重，我去看他。他一见我，立刻精神起来，脸上泛着红晕，似乎很有光泽。三叔让我坐下，很吃力地讲，还是那个故事，还是那个开头。然而这一次，我听得认真，三叔却讲得很短。

"并不是每一个人的表演都能赢得热烈的掌声。

"那年，我听同学作毕业演讲。每一个同学讲完后都有热烈的掌声响起，演讲的同学便觉得很光彩，眉飞色舞的。可最后一位同学，有点儿口吃，讲的内容也不怎么样。他讲完后，没人鼓掌，有人开始嬉笑，

有人开始抱怨主持怎么找这个人上去令人扫兴。那时我正分心，躲在课桌下面看小说，那同学演讲完走下讲台，我习惯性地鼓掌——只有我一个人在鼓掌，我不知发生了什么，就见那同学抱着头哭了起来……

"后来，我踏上了工作岗位，意外地收到了那位同学的来信：'我永远记得你，是你给了我以后继续演讲的勇气和信心。要不是你那热烈的掌声，说不定我会口吃一辈子。'他说，他现在正专门从事演讲事业……

"真没想到，那天我无意的掌声会改变一个人的一生。以后便想，不管演员演得怎样，我们都要给他真诚的、热烈的掌声。对我们来说，也许并不重要，但对他们来说，却非常重要。"

我不由自主地抓住三叔的手，这样好的故事，为什么我以前就没认真听呢？

这天三叔上了手术台再没下来。他的儿子告诉我，三叔上手术台前让他转告我，谢谢我听了他这么多年的唠叨，特别是最后一次。

我的泪流了很久。

心得便利贴

掌声也是与他人沟通的一种方法，一个微笑、一句话语，就能和对方达成心灵的默契，给别人一声鼓励、一句赞美，或许可以带给他一份希望、一份力量。所以不要吝惜你的双手，让它们发出肯定、赞美的声音吧！

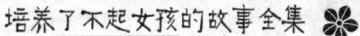

在汽车上

王国华

　　这一路公共汽车里的人特别多,车的前半部分是成年人,后半部分则挤着十几个小学生,听他们的议论,大概是要到郊区旅游。小孩子们都很兴奋,叽叽喳喳又说又笑,闹作一团。孩子们的喜悦并没有传染给这些心事重重的成年人,他们有的眼望窗外,有的面无表情,有的甚至用厌恶的眼神斜视着这些沉浸在欢乐中的孩子。

　　汽车平稳地向前行驶着,没有一点出现意外的迹象。但就在这时,司机忽然一个急刹车,"嘎"的一声,把这些毫无防备的乘客着实晃了一下,你的前胸撞着了我的后背,他的胳膊肘又撞到了你的左脸,有的乘客甚至一屁股坐到了地上。沉闷的车厢一下子沸腾起来。车厢前半部的人在愤怒地指责司机。司机解释说刚才出现了紧急情况,有个骑自行车的人横穿马路,自己是为了避开那个人才突然刹车的。但一些乘客并不原谅他,说自己摔伤了,要到医院去看病,司机必须为自己支付医疗费,司机当然对这种提议嗤之以鼻,于是双方爆发了更大程度的争吵。这时也有的开始把矛头指向那个行人,说应该下去揍那小子一顿,让他

记住这次教训。大家你一嘴我一嘴，吵作一团，骂作一团。

当时我就在这辆车上。当我的脑袋猛然之间与另一个乘客的脑袋撞在一起的时候，我的第一反应是愤怒，第二反应是想打谁一顿。可是无意之中我发现了车厢后半部分的孩子们，他们从惊恐中恢复过来之后马上哈哈大笑起来，仿佛看见了一件极可笑的事。这个说，哈，你刚才差点儿没有摔倒，你可真笨！那个说，小明趴到你身上，把鼻涕都蹭到你肩膀上了。这场意外给孩子们带来更多的话题，车的后半部分更热闹了。

我忽然为自己感到羞愧。我发现，我们这些成年人在遭遇意外时，马上就会把自己设计成受害者的角色，即使对方是无意的。这就是为什么总会有那么多因误会而生的仇视大量地出现在成人中间。而孩子们则不然，他们把很多事情（只要不是危及生命的）只是当成生活中的一个小插曲。从这方面讲，孩子们是我们当之无愧的老师。

心得便利贴

当我们长大成人后，我们不应该丢掉单纯，学会世故；丢掉奉献，学会索取；丢掉包容，学会计较；丢掉诚实，学会说谎……我们从小养成的好习惯、好性情，长大之后也要珍惜。

半壶水

张水清

有一个人误入了茫茫无边的沙漠，骄阳似火，酷暑难耐。没有水饮，死亡在时刻向他逼近。

他在心里暗暗提醒自己：水！水！……一定要坚持到最后一刻，找到水源。

凭着一股强烈的求生本能，他在沙漠中艰难地跋涉着。找啊找啊，他终于发现了一块小石板。在小石板旁边，他又发现了一个抽水机。他迫不及待地使劲儿抽水，却滴水全无。正在他心灰意冷、懊丧不已的时候，却意外地发现旁边还有一个水壶，壶上盖着塞。正当他拿起水壶准备一饮而尽的时候，看到了上面写着这样几行字："由于天长日久，水壶里也许只剩下半壶水了。你必须先要舍得把这半壶水灌进抽水机中才能打出满壶水来。记住，走之前一定要把水壶灌满。"

他小心地拔掉塞子，果然看到半壶清水。望着水，他犹豫起来，是马上倒进干渴的喉咙，还是照纸条上所写的倒进抽水机？如果倒进抽水机而打不出来水，自己岂不要渴死？

最终，他果断地拿起水壶，照字条上所讲，倒进抽水机里，果然打出了清洌的泉水，他痛快地喝了个够，一种说不出来的舒服从喉咙间流入了肚腹，又从心里洋溢出来……

休息了一会儿，他把水壶装满水，盖上塞子。然后在纸条上加了几句话："请相信我，纸条上的话是真的，你只有先舍得半壶水，才能打出满壶的水来。"

心得便利贴

有舍，才有得。在舍弃中，沉重的心灵可以得到释放，而心情也会轻松，也许不经意间还会给他人带来方便。所以说，有时放弃是另一种形式的拥有，是心灵在卸下重负后另一种形式的充盈。

给心一朵莲花或者一片祥云

罗 西

在欧洲，一小镇很久没有下雨了，庄稼枯萎，民众束手无策，牧师把大家召集起来，准备在教堂里开一个祈求降雨的祷告会。来者云集，大家都脸色凝重，步履沉重。其中有一个小女孩，因个子太小，几乎没有人看得到她。

就在这时候，牧师注意到小女孩所带来的一样东西，于是，他激动地在台上指着她说："那位小妹妹很让我感动！"大家顺着他手指的方向看了过去，很是疑惑，牧师接着说："我们今天来祷告祈求上帝降雨，可是整个会堂中，只有她一个人带着雨伞！"果然，她的座位旁挂了一把红色的小雨伞。这时大家沉静了一下，恍然大悟，紧接而来的，是一阵振奋的掌声，有人还笑着拭泪……

这个女孩有颗真挚虔诚的心。虔诚，比相信更坚定、神圣、深远而且感人。

汉朝的李广将军，晚上看见一猛虎，一箭射过去，早上一看，原来是一块酷似老虎的石头，"箭没入石中"，拔不出来。后来知道是石头厚，他再试着多次射箭，但是都没有一支能穿过石头，因为信心已经打了折扣，不再是"深信"，那么射出的箭就不再那么有穿透力了。

没有了相信，箭难穿石；没有虔诚，则没有真正的欣慰与安心。虔诚比相信高远。

我们常常做事有决心却没有信心，是因为对愿望的不自信，对目标的不肯定；因为"想太多"而复杂、负重。相反，心灵一尘不染的人，更纯粹，往往也更有力量。"虔诚"一词出自阿拉伯语"EKHLAS"，有纯洁、清除之意。心怀虔诚的人，内心清澈而坚定。拥有虔诚，即可让心灵远离浮尘、烦乱、犹豫、失望与灰暗。

我家附近，有个开放的金鸡山公园，里面有座道家的"宫"，每逢农历初一、十五，就涌来大批香客。公园里，有条盘山水泥路，总有人在跑步锻炼，有些香客不愿意徒步上"宫"，喜欢沿着水泥路开车进来，带来废气与安全隐患，关键是他们缺失虔诚的心，只有功利私心，没有崇高与敬仰。其实，公园门口，就辟有一条捷径专门通到"宫"里的，但是开车的香客宁愿舍近求远也要把车直接开到神灵面前，我觉得是不敬，烧再长的香也没有用。不虔诚，就没有绝对寄托，就没有真正放下，所谓修行，其实就是给心一朵莲花或者一片祥云，就是放心。有些人放下了，因为虔诚；有些人没有放下，因为浮沉摇摆。

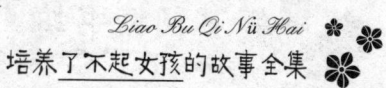

虔诚，是神圣的信心，其实也是崇高的真心。常怀虔诚，会让平凡的你我，脱离低俗、烦扰，接近崇高与安宁。

心得便利贴

给心一朵莲花或者一片祥云，让纯净圣洁的莲花开放在清澈如镜的心灵湖畔，让悠闲自若的祥云飘荡在虔诚坚定的心灵天空。

让别人为你排队

骆 驼

我准备好了自己的简历，去一家著名的广告公司应聘。

那家广告公司名气很大，大得不用去人才市场设摊招人，只是在一个城市的小报上登了一则广告，就可以让人才们趋之若鹜。

当我走进招待厅的时候，着实吃了一惊，整个大厅挤满了人，乱哄哄的。我站在人群的最后面，看着前面围了一圈又一圈的人，想着不知道要等到什么时候才能轮到自己，心中就懊悔起来，后悔自己没有早点过来。

公司似乎对此番景况也有些意外，人群很乱，乱得连公司的工作人员都进不去。我看到几个工作人员被堵在外面。

我忽然灵机一动。

我走到那几个工作人员的前面，昂首挺胸，勇敢地对着人群大喊一声：所有应聘的人排成两队！

人们立即循声而来，将目光投到我身上，看着我和工作人员站在一起，以为我就是应聘的组织人员，一个个立即动了起来，唰的一下便排成了两条长长的队伍，让出一条宽敞的道来。

　　那几位工作人员对我微微一笑，我将大家的简历收在一起，然后抱着几十份简历第一个走进了应聘室，整个过程俨然是一个工作人员所为。我将那些简历放在桌上，从包里掏出自己的简历放在最上面。

　　主聘官几乎只是象征性地看了一下我的简历，就对我说："你从今天就开始上班。你今天的工作就是协助我们完成招聘工作。"

　　于是，我欣喜若狂地出门，开始去维持秩序了。站在队伍的前面，没有人知道我不是工作人员，更没人知道仅仅是十几分钟前，我还是挤在队伍最后的一名普通应聘者。

　　在竞争无比激烈的社会中，我们常常被众多的对手所淹没。当你站在混乱的人群中时，你为何不勇敢地站出来，充满智慧地振臂一呼，让所有的人为你而动，为你排一条队伍呢？

心得便利贴

　　现代生活中竞争激烈，人们时刻面临着各种挑战，如若畏缩不前，就会被时代的洪流所淹没。因此，我们要坚信"天生我材必有用"，勇敢地展现自己的才华，这样才能有所作为、有所成就。

献你一束鲜花

冯骥才

鲜花,理应是送给凯旋归来的英雄,难道献给这黯淡无光的失败者?

她一直垂着头。四天前,她从平衡木上打着旋儿跌在垫子上时,就把美丽而神气的头垂下来。现在她回国了,走入首都机场的大厅,简直要把脑袋藏进领口里去。她怕见前来欢迎的人们,怕记者问什么,怕姐姐和姐夫来迎接她,甚至怕见到机场那个热情的女服务员——她的崇拜者,每次出国经过这里时,都跑来帮着她提包儿……有什么脸见人,大败而归!

这次世界性比赛,她完全有把握登上平衡木和高低杠"女王"的宝座,国内外的行家都这么估计,但她的表演把这些希望的灯全都关上了。

两年前,她第一次出国参加比赛,夹在许多名扬海外的姑娘们中间,不受人注意,心里反而没负担,出人意料拿了两项冠军。回国时,就在这机场大厅里,她受到空前热烈的迎接。许多只手朝她伸来,许多摄影机镜头对准她,一个戴眼镜的记者死死纠缠着问:"你最喜欢什么?"她不知如何作答,抬眼看见一束花,便说:"花!"于是就有几十束花朝她塞来,多得抱不住。两年来多次出国比赛,她胸前挂着一个又一个亮晃晃的奖牌回来,迎接她的是笑脸、花和摄影机明亮的闪光。是不是这就加重了她的思想负担?越赢就越怕输,成绩的包袱比失败的包袱更重。精神可以克服肉体的痛苦,肉体却无法摆脱精神的压力。这次她在平衡木上稍稍感觉有些不稳,内心立刻变得慌乱而不能自制。她失败了,并且跟着在下面其他项目的比赛中一塌糊涂地垮下来……

本来她怕见人,走在队伍最后,可是当她发现很少有人招呼她,摄影记者也好像有意避开她时,她感到受人冷落,加重了心中的沮丧和愧疚,纵使她有回天之力,一时也难补偿,她茫然了。是啊,谁愿意与失败者站在一起。

忽然她发现一双脚停在她眼前。谁?她一点点向上看,深蓝色的服装,长长的腿,铜衣扣,无檐帽下一张洁白娴静的脸儿。原来是机场那位女服务员。

女服务员背着双手,含笑对她说:"我在电视里看见了你们比赛,知道你们今天回来,特意来迎接你。"

"我真糟!"她赶紧垂下头。

"不,你同样用尽汗水和力量。"

"我是失败者。"

"谁也不能避免失败。我相信,失败和胜利对于你同样重要。让失败属于过去,胜利才属于未来。"女服务员的声音柔和又肯定。

她听了这话，重新抬起头来。只见女服务员把背在身后的手向前一伸，把一大束五彩缤纷的花捧到她的面前。浓郁的香气竟化作一股奇异的力量注入她的身体。她顿时热泪满面。

怎么？花，理应呈送给凯旋归来的英雄，难道也要献给这暗淡无光的失败者？

心得便利贴

献给成功者的鲜花是为了赞美他的成就，献给失败者的鲜花则是为了鼓舞他前进，此时的鲜花正如雪中的炭、雨中的伞，是一剂治疗心灵创伤的药。前路漫漫，不必过分在意一城一池的得失，伤痛可以治愈，跌倒可以爬起，成功就在失败的下一站。

学无止境

斯坦伯格

这是美国东部一所规模很大的大学毕业考试最后一天。在一座教学楼前的阶梯上，有一群机械系大四学生挤在一起，正在讨论几分钟后就要开始的考试。他们的脸上显示出很有信心，这是最后一场考试，接着就是毕业典礼和找工作了。

有几个说他们已经找到工作了。其他人则在讨论他们想得到的工作。怀着对四年大学教育的肯定，他们觉得心理上早有准备，能征服外面的世界。

他们知道即将进行的考试只是轻易的事情。教授说他们可带需要的教科书、参考书和笔记，只要求考试时他们不能彼此交头接耳。

他们喜气洋洋地鱼贯走进教室。教授把考卷发下去，学生都眉开眼笑，因为学生们注意到只有五个论述题。

三个小时过去了，教授开始收考卷。学生们似乎不再有信心，他们脸上表情焦虑不安。没有一个人说话，教授手里拿着考卷，面对着全班同学。教授端详着面前学生们担忧的脸，问道："有几个人把五个问题全答完了？"

没有人举手。

"有几个同学答完了四个？"

仍旧没有人举手。

"三个？两个？"

学生们在座位上不安起来。

"那么一个呢？一定有人做完了一个吧？"

全班学生仍保持沉默。

教授放下手中的考卷说："这正是我预期的。我只是要加深你们的印象，即使你们已完成四年工程教育，但仍旧有许多有关工程的问题你们不知道。这些你们不能回答的问题，在日常操作中是非常普遍的。"

于是教授带着微笑说下去："这个科目你们都会及格，但要记住，虽然你们是大学毕业生，但你们的教育才开始。"

时间消逝，这位教授的名字已经模糊，但他的训诫却不会模糊。

心得便利贴

知识如同浩瀚的大海，学生是驾着小舟的探险者。他们可能在发现一座岛屿后就沾沾自喜、止步不前，殊不知，前方还有更广阔的大陆在等待他们去发现。让我们扬帆远航吧，学习的道路上永远没有终点。

快乐生活比第一重要

雪小禅

那天，一家人一起看王小丫主持的《开心辞典》，不时哈哈大笑。这个节目，充满了智慧和人性的美丽。

总有梦想会被实现，也总有更多的陷阱虚位以待，而王小丫的微笑永远不败，不停地问你"继续吗"？继续下去，或者成功，或者失败，退回到原点。这是逆水行舟的世界，不进则退。

答对12道题的人并不多，往往是到3道、6道或者9道题的关卡，因为一次失误，前功尽弃，被淘汰出局。但是选手依旧选择"继续"，面对这种刺激的新玩儿法，都不愿停止。

当时，我正在犹豫是否考研。就业压力太大，周围的人都纷纷考研考博，寻求暂时的避风港，可是，我需要继续读下去吗？我更渴望工作，到社会的风浪里磨炼自己。

读大二的弟弟一直劝我："姐，考研吧，现在大本还上哪儿混去啊？"

"学历并不能证明一切。"

"可是你想要出人头地就得读更多的书，继续向前！"

我无言以对。

思绪再跳到电视屏幕上。新的一位答题者很幸运，已经闯到了第9道题。3个求助方法他已经全部用完，而这个题他毫无把握。他怀孕的妻子就在台下，关切地看着他。

王小丫又在问："继续吗？"

"不。"思索片刻，他眉头开了，很肯定地说："我放弃。"我一愣，王小丫也一愣。很少有人放弃，尤其在全国电视观众面前。兴许机遇好，蒙对了呢？弟弟不屑地说："真不像个男人。太保守了！答错了往回扣分嘛，怕什么！"

王小丫继续问："真的放弃吗？"她一连问了三次。他一丝犹豫都没有，点头说："真的放弃。""不后悔？"王小丫问。他笑着说："不后悔，我设定的家庭梦想都已实现。应该得到的，已经得到了。"这样，他只答了9道题，没有冲向完美的12道。男主持人问他："如果你的孩子长大后问你，爸爸，那天在《开心辞典》你为什么放弃？你怎么回答？"他说："我会告诉孩子，人生并不一定非要走到最高点。"主持人问："那你的孩子又问，那我以后考80分就满足了行不行？"他笑着回答："如果他已经付出最大的努力，如果他对80分也满意，我赞同。不是每个人都要拿第一，人生中懂得放弃才会得到更多。"

全场响起了热烈的掌声。

那是一种更豁达的人生态度吧。从来我们都认为要永远追求，要一直向前，哪怕跌得头破血流。爬山时我们要达到山顶，怕停在半山腰被人讥笑；跑步时我们要撞到红线，仿佛那样才能触碰到幸福。

可是为什么要继续？也许半山腰的风景更美丽。因为空气浓厚，各式各样的植物蓬勃生长；也许第一名还不如第二名幸福，因为除了胜利，人生还有更多别的趣味。

是的，人在学会进取的同时，也应该学会放弃。放弃也是一种智

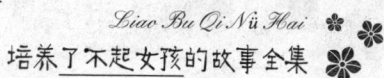

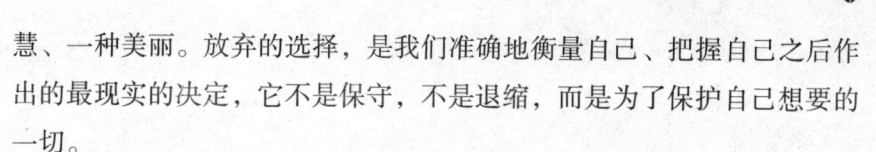

慧、一种美丽。放弃的选择，是我们准确地衡量自己、把握自己之后作出的最现实的决定，它不是保守，不是退缩，而是为了保护自己想要的一切。

于是，我决定彻底放弃考研，到一家公司从秘书做起，脚踏实地地寻找属于自己的天空。不奢求总是拿第一，但是，不能不快乐地生活。

心得便利贴

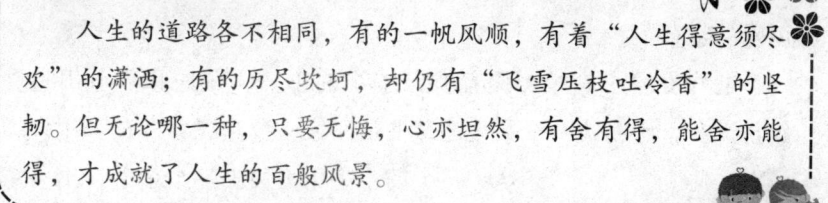

人生的道路各不相同，有的一帆风顺，有着"人生得意须尽欢"的潇洒；有的历尽坎坷，却仍有"飞雪压枝吐冷香"的坚韧。但无论哪一种，只要无悔，心亦坦然，有舍有得，能舍亦能得，才成就了人生的百般风景。

在田园里的细品人生

感 动

秋天的田野,黄色成了主色调,有六七株萝卜,仍是绿油油的。每一株萝卜,都是一个中心,翠绿肥硕的叶子,从这个中心向四周铺散开来,遮住了黑色的土地。透过这些叶片的缝隙,可以看到半露出土壤、浑圆可爱的红萝卜。

一个七八岁的小姑娘,提着柳条编织的小篮,在这片萝卜田边驻足,她告诉我,她要拔一个最大的萝卜带回家。我注视着,孩子用白嫩的小手用力拔出一个萝卜,出乎意料的是,女孩儿并没有停手,她好像并不满意,丢在地上,再去拔第二个。我的眼睛跟随着她,第二个萝卜被拔出来,又被扔在地上……这样的动作重复着,直到她拔光了所有的萝卜。最终,女孩儿拿着最初拔下的那个萝卜离开了。

萝卜并无太大差别,但在人的意念中,拔下来的萝卜,永远没有长在地里的萝卜完美。……

微风吹过，高粱随风舞动，沉甸甸的红色穗子，跳跃于枯黄的波峰与波谷中，簌簌响动，传递着成熟的讯息。

我坐在田间与农民分享丰收的喜悦，一个农民说，一株高粱的穗子，能产近半斤粮食，而一片田里，总有十几株最优秀的高粱，它们每株能打出一斤多粮食。但是他告诉我，几十年的种田经验表明，那些最好的高粱，往往没等归仓就会夭折。它们长得太高太出众，颗粒太饱满，穗子太沉重，风雨吹来，它们就会首当其冲，折倒在泥土里，刚刚倒下，机警的田鼠立刻就会盯上它们，只需一夜，这些高粱就会全部被吃光。而另一些即使侥幸没有倒下，也会由于太红、太出众，被眼尖的鸟雀们盯上，将它们肆意啄食。

平庸的高粱成为令人尊敬的粮食，优秀的高粱，却等不到秋日的阳光。高粱的不同遭遇，同样也困扰着我们。

……

向日葵成熟了，空气中弥散着成熟的气息。

极目远望，几乎所有的向日葵都弯下腰，低着头，在秋风的抚摸中摇曳。但仍有几株向日葵，让人赏心悦目。它们的茎笔直修长，表皮翠绿可人，花朵金黄炫目，这与它们周围干枯的同类形成了鲜明的对比。几个农民正在收割向日葵，我发现，他们并没有被这些美丽的个体吸引，相反，他们把赞美的笑容，都送给了那些枯黄朴素的向日葵。当农民带走了收获，热闹喧嚣的田里就只剩下那几株开花的向日葵了。它们看上去很美，也很失落。

不同态度注定了不同的结局，向日葵的不同结局，向我们昭示着生存的态度。

心得便利贴

最完美的萝卜，总是埋在土里的下一个；令人尊敬的粮食，却来自最平庸的那几棵；盛放在秋日的向日葵，无法等到最后的收获。这片美丽的田野，带给我们许多人生的思索。

登上诺贝尔奖坛的小学教员

鲁先圣

1945年的诺贝尔文学奖,颁发给了米斯特拉尔,一位出生于智利北部农村贫困家庭的乡村小学女教师。

瑞典皇家学院的颁奖词这样说:"她由强烈感情孕育而成的抒情诗,使她的名字成为拉丁美洲渴求理想的象征。"她成为拉丁美洲获得诺贝尔奖的第一人。

她的获奖,震惊了整个拉丁美洲,也让当时刚刚从二战的硝烟中抬起头来的世界文坛侧目。人们惊诧的不是她作为拉丁美洲第一位获奖者,也不是她是为数不多的获奖女性,而是她几乎没有接受过任何正规教育的经历和她小学教员的资历。

当时,来自全世界的无数媒体记者蜂拥到了她的家乡,来到她服务的那所小学。人们想弄明白,一个没有什么教育背景的小学教师,一个单身女人,一个地地道道的丑小鸭,是怎么变成的白天鹅?

米斯特拉尔,1889年出生于智利首都圣地亚哥市北部的一个小镇。她的父亲是一位小学教师,有着他生活的那个小村子里少见的醒目才华:能歌擅唱会写诗。这个颇具诗人气质的男子身上,洋溢着一股不羁的浪漫色彩。在他组织的合唱队里有个单身母亲,带着她十多岁的私生女。他不顾人们讶异的目光,娶了这个比他大出好多的女子。这个女子,后来成为米斯特拉尔的生身母亲。父亲酷爱自由和旅行,经常外出,在她3岁时,父亲弃家出走,不知去向,家庭由此陷入极端的困顿。

在这个缺少了父亲的家庭里，母亲没有能力供她去学校读书。为了生计，母亲给富人家帮佣，小小年纪的米斯特拉尔也帮着母亲去洗衣服做饭。给孩子苦涩童年以温煦滋养的，是祖母、母亲和同母异父的姐姐。祖母是位虔诚的教徒，是村子里唯一拥有《圣经》的人。母亲带来的那位姐姐是一位乡村教师，她教米斯特拉尔识字。没有钱买新课本，姐姐就找来过去的旧课本让她用。

虽然没有进过学校一天，但是经过这样七八年的刻苦自学，她掌握的知识和写作技能，与同龄的孩子相比毫不逊色。爱好诗歌的姐姐教给她用诗歌表达情感，她也逐渐培养起对诗歌的爱好，每当借到一本好诗，就会废寝忘食地抄录下来，反复咀嚼欣赏，直到能够背诵。

在 14 岁的时候，米斯特拉尔开始写诗歌，并大胆地向当地的报刊投稿。她的文笔虽然幼稚，但是她天真烂漫的情怀感动了编辑，有几首诗在当地报刊发表了。一个小女孩发表了诗歌，这在偏远的智利北部乡村产生了很大的影响。尽管她还不到 15 岁，镇上的小学就决定聘请她担任小学的语文教员。

在 17 岁的那一年，情窦初开的女孩爱上了一个青年铁路工人。她这样写道："小路上，遇见了他。水面依然如故，玫瑰未开新花，可我的心却又惊又怕。"女孩甚至直截了当："它在田垅间自由来往，它在清风中展翅飞翔，它在阳光里欢腾跳跃，它与松林紧贴着胸膛。"女孩的羞怯常常使她不能对情人吐露爱的字眼，所以，爱又往往成了痛苦："我本是一个涨满的池塘，可对你却像干涸的泉眼一样。一切都由于我痛苦的沉默，它的残暴胜于死亡！"但是，这个铁路工人却喜欢上了别的姑娘。写诗的女孩用民间形式的《谣曲》记下了这种情境："他爱上了别的姑娘，那里洋溢着花香。唱着歌儿过去，只让刺儿为我开放……"最终，大悲剧降临了。由于至今不能清楚的原因，这个不忠诚又贫困不得志的铁路工人竟举枪自杀了，这给女孩心灵留下了永难愈合的创痛。

1914 年，智利文艺家协会主办诗歌比赛。此时，距那位年轻铁路工人自杀已经有 5 个年头。但是，爱情和死亡的巨大能量，一直在女孩胸中蕴聚。她提起笔，三首《死的十四行诗》奔泻而出："人们把你搁进阴冷的壁龛，我把你挪到阳光和煦的地面。人们不知道我也要在那里安息，我们将共枕同眠梦在一起。像母亲对熟睡的孩子一样深情，我把你安放在日光照耀的地上，土地接纳你这个苦孩子的躯体，会变得摇篮那般温存。我要撒下泥土和玫瑰花瓣，月亮的薄雾缥缈碧蓝，将把轻灵的骸骨禁锢。带着美妙的报复心情，我歌唱着离去，因为谁也不会下到这样隐蔽的角落，同我争夺你的骸骨！"三首诗全没有死的阴郁寂灭，只有爱情战胜死亡、超越死亡的坚定执着。米斯特拉尔立即为所有评委接受，她获得了这次诗歌竞赛的头奖。米斯特拉尔的名字迅即传遍了整个拉丁美洲。

1922年，米斯特拉尔应邀到墨西哥参加该国教育工作。也就在这一年，美国纽约的西班牙学院为她推出了第一部诗集——《绝望》。《绝望》的出版，为诗人赢得了巨大的名声。诗歌成功地宣泄了诗人内心的郁结，使她将视野扩大，将心域拓展，她的爱又复活了。

由于"她那富有强烈感情的抒情诗，使她的名字成为整个拉丁美洲理想的象征"，米斯特拉尔荣获了1945年的诺贝尔文学奖。在拉丁美洲，她是第一个获得此项殊荣的诗人。米斯特拉尔从一个没有进过校门的孩子，靠自学当上了小学教员，最终登上了人类世界文学艺术的顶峰。

心得便利贴

人应该认识到自己的价值，不应该妄自菲薄，甚至烦恼迷茫。生活是公平的，它给予每个人最优秀的特点。因此我们要发现自己，努力奋斗，用一个闪光点，点燃辉煌的人生。

钻石的价值

王 悦

您也许听说过克伊诺钻石——世界上最令人瞩目的珠宝之一,这颗由英国王室收藏的大金刚钻是一位公爵幼年时送给维多利亚女王的礼物。多年以后再次见到维多利亚女王时,公爵已经成年,他请求再欣赏一下克伊诺钻石,女王同意了。

公爵手捧钻石,单膝跪在女王面前说:"陛下,上次送您这件宝物时,我还是个天真的孩子,对金银珠宝一无所知,更不知道把东西送人的后果……"在场的官员都大吃一惊,心想:这位公爵向来真诚守信,难道在宝石面前,竟要抛弃君子之道,想反悔不成?会客厅里响起了一片窃窃私语声,只有女王面不改色,微笑着等公爵把话说完。

对众人的反应,公爵视若无睹。他继续对女王说:"这颗钻石虽然价值连城,但作为礼物,当年它的价值却和一块好看的石头无异,因为那时送礼物的人并没有把它当作独一无二的宝物。今天,我已不再是懵懂小儿,完全了解克伊诺的价值,请准许我再次把它献给您。"说着,公爵把钻石举到女王

面前,"不再作为儿童的玩物,而是作为一件稀世之宝。现在,我全心全意地把克伊诺送给您,只有这样才能配得上我对您的感激和尊重。"

礼物的价值,不在于东西的贵贱,而取决于它在赠送者眼里的价值。经济拮据的朋友请的一顿家常饭,比富翁的大餐更会令人念念不忘;患难之友的鼓励,比春风得意的旁观者的慷慨陈词更能温暖人的心灵。

心得便利贴

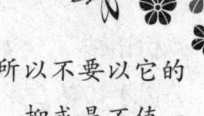

礼物只是表现赠送者心意的一种物质形式,所以不要以它的贵贱来衡量赠送者的心。无论是价值连城的珠宝,抑或是不值一钱的鹅毛,只要真诚的心意在里面,就能体现出它真正的价值。

明亮的世界

张玉庭

在火车上,我们的对面坐着一对年轻的盲人夫妻,但他们的孩子却是大眼睛、长睫毛、小嘴巴,就像个漂亮的布娃娃。自然,当我和妻子夸奖这可爱的孩子时,那对盲人便报以感激的微笑。

我们很快成了熟人,而且,当孩子安然入睡后,他们还告诉我们一个秘密——这孩子是他们捡的。

"那天天特别冷。"那女的说,"我和他下班回来,在路上捡到了这个孩子。真可怜,她嗓子都哭哑了。"

"她就赶紧把孩子抱了回来,紧紧搂着她睡了一夜。"那男的说。

"孩子睡着了,我摸了摸孩子的脸,觉得她特别漂亮,也特别可怜,就决定当她的妈妈……"那女的说。

"我听她的,我没意见,不管怎么说,这可怜的女孩儿总得有一个温暖的窝儿……"那男的补充。

啊!这可真是个凄美的故事!听着听着,我的妻子居然掉下了眼泪。

更奇怪的是,对面的盲人夫妻特别敏感,居然猜到我的妻子哭了,还真诚地劝了一句:"您放心!这孩子有我们照顾,肯定能长大……"

我们深深地点头,坚信这是一个庄严而神圣的许诺,而且的确看到了他们脸上那沉稳肃穆的表情。

突然,泪痕未干的妻子小心翼翼地问了他们一句:"我,可以给这孩子打件毛衣吗?"

"可我该怎么谢您呢?"那年轻的妈妈说。

"甭谢,就当是送给孩子的礼物。"妻子一边说,一边用手指量了量孩子的身长,然后拿出毛线,开始飞针走线地忙碌起来。

就这样,妻子一夜没睡,用她给女儿买的毛线,为这可爱的不幸的陌生孩子忙碌着,忙碌着……忙了整整一夜。

当曙光悄悄染红了早晨,妻子的眼已经彻底地熬红了,但那件漂亮的小毛衣,也已严严实实地穿在那个可爱的小女孩儿的身上了。

妻子笑了,我一辈子也忘不了那明媚的笑容,我敢断定,那种温暖的笑,只能属于妈妈,属于母爱。那位盲人夫妻也特别感激,那盲女人还一把握住了我妻子的手,深陷的眼窝里汩汩地流出了两行热泪。

妻子掏出手绢儿为她擦泪,可自己也哭了。

就这样,我们与这对盲人夫妇告别了。

也就在这天夜里,妻子突然从睡梦中惊醒,还那么急切地说了一句:"糟了!忘记问他们的地址了!"我问:"怎么?还不放心?"妻子回答:"嗯,我怕那孩子冻着。你瞧,天降温了。"

我点了点头,的确,这一夜风很大。

而且我明白了一个道理,原来,圣洁的妈妈们,是把孩子紧紧地搂在自己的心里的:那里有阳光,有一个永远永远明亮的世界。

心得便利贴

母性,会让一个女人变得无比可爱。母爱,会让一个世界变得无比温馨。其实,只要人人都献出一点爱,世界将淡去黑暗与寒冷,只在每个人的心里留下灿烂的春光。

爱的位置

马国福

那是我上大学时的一件事。

那天下午,公共课老教授给我们讲了一个故事:有个国王有三个儿子,他很疼爱他们,但不知传位给谁。最后,他让三个儿子回答如何表达对父亲的爱。大儿子说:"我要把父亲的功德制成帽子,让全国的百姓天天把您供在头上。"二儿子说:"我要把父亲的功德制成鞋子,让普天下的百姓都知道是您在支撑着他们。"三儿子说:"我只想把您当做一位平凡的父亲,永远放在我的心里。"最后国王把王位传给了三儿子。

教授讲完,问道:"记得父母生日的同学请举手。"举手者寥寥无几。

"寒假给父母洗过脚的同学请举手。"这是他放假前布置的作业,没有做到的同学扣德育分。

一百多双手齐刷刷地举了起来,只有坐在最后的一位同学没举手。教授问是何故,该同学哑口无言。

"你是不是把我的话当

耳边风了?"

"我很想给父母亲洗一回脚,可是……"

"可是什么?不要给自己找借口!"教授严厉地说。

"我的父母在一次车祸中失去了双腿,我只能给他们洗头……"

空气在那一刻凝固了,教室里静得能听到心跳声。

"记住,爱的位置不在嘴里,不在头上,也不在脚下,只在心中,在我们时刻关爱他人的细小行动中。"

心得便利贴

爱像一个个精灵,在我们的一举一动中,活泼地播撒着温情与关怀。爱无处不在,爱不拘泥于形式,只要我们真心付出了,即使是微不足道的小事也能温暖人心,放射出无限光彩。

第三章 Chapter 3

把阳光加入想象

一个人的成功也许会有许多的偶然性,但一个充满自信勇于去尝试的人,他的成功是迟早的。因为成功总是青睐有勇气的人。

松鼠的智慧

詹姆斯·休伊特

我刚从事写作时还年轻，收入很不稳定。我与一位心爱的姑娘订婚4年了，但一直不敢跟她结婚。生活充满了艰辛与不测，我甚至不知道来年能否养活自己。我也渴望到巴黎、罗马、维也纳和伦敦去追寻自己的写作梦想，但是，离开自己熟悉的环境，到5000公里以外的地方工作，如果对生活与前途没有十分的把握，这样行事会是一个明智的选择吗？对此，我犹豫不定。

那些日子，我常去住所附近的一个静谧的公园，在那里独自思考生活中碰到的一些问题。有一天，我不经意间抬头看见树上的一只松鼠，它停在一根树枝上，似乎准备跃到对面的另一根树枝上，但两根树枝间的距离太大，它这么跳过去无异于自杀。出人意料的是，它双腿一蹦跳了出去，虽然没能够得上那根树枝，但还是安然无恙地落在了另外一根较低、较近的树枝上。随后，它双腿又一蹦，跃上了它原来想去的那根

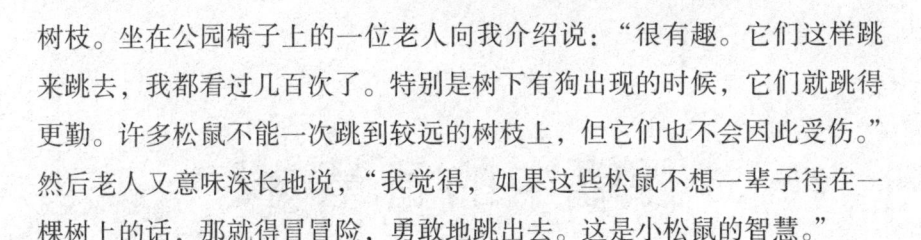

树枝。坐在公园椅子上的一位老人向我介绍说:"很有趣。它们这样跳来跳去,我都看过几百次了。特别是树下有狗出现的时候,它们就跳得更勤。许多松鼠不能一次跳到较远的树枝上,但它们也不会因此受伤。"然后老人又意味深长地说,"我觉得,如果这些松鼠不想一辈子待在一棵树上的话,那就得冒冒险,勇敢地跳出去。这是小松鼠的智慧。"

我忽然若有所悟。两周后,我跟女友结了婚,然后卖掉所有家当,坐船横渡大西洋——我们来到了一个陌生的地方,我们不知道自己能否安然地落在"另一根树枝"上。我开始加倍努力地写作,妻子也找到了一份工作。在熬过头一年的艰难时期之后,我们的日子过得越来越宽裕,我的写作也变得得心应手,我意识到自己当初的选择没有错。

从那以后,每当生活中面临新的机遇,需要我有所取舍的时候,我就会想起那些在树枝之间跳跃的松鼠,记起那位老人说过的话:"如果这些松鼠不想一辈子待在一棵树上的话,那就得冒冒险,勇敢地跳出去。"

心得便利贴

人生的路并不一定总是"步步高升",也并不一定总能达到预期的目标。但一步一个脚印地走下去,即使有时会倒退,也终会走向终点。就像在起跑时你会将一只脚向后退去,为的正是跑得更快啊!

瓦罐中的智慧

李 群

安纳斯是生活在森林中的蜘蛛人,在加纳传说中,他既狡猾又贪婪。传说他把世界上所有的智慧都收归己有,盛进一个很大的瓦罐中随身携带。他得意地说:"我拥有世上所有的智慧。"他用一根粗壮的葡萄藤拴住瓦罐,整天挂在脖子上吊在胸前。但是他仍旧担心有人会偷走他的智慧,"怎样才能让我的智慧安全呢?"他终于想出个办法,"我要把瓦罐藏在森林中最高的树顶上。"他找到森林中最高的树。他往树上爬时,胸前的瓦罐总是很碍事,他的儿子问道:"爸爸,你在干什么?"

他说:"世上所有的智慧都装在这个瓦罐里,我要把它藏到树上,这样我就永远是最聪明的人了。""可是爸爸,"儿子说,"为什么不把瓦罐背到背后呢,那样爬树不是更方便吗?"于是安纳斯把瓦罐背到背后,果然很快爬到了树顶。

但是安纳斯坐在树顶的树枝上,捧着瓦罐发起了呆:"我以为我拥有世上所有的智慧,可是儿子的智慧却不在这罐里。"于是他下了一个结论,直到今天这句话还在流传:"没有人能拥有世上所有的智慧。"

安纳斯把瓦罐扔到地上,瓦罐摔得粉碎,里面的智慧撒遍了全世界。

心得便利贴

智慧不是外在的财富,也不是可以掠夺的资源。它需要我们在生活中点滴地汲取,细致地观察,不懈地学习,这样才能使智慧的涓涓细流汇集成无尽的海洋,从而把人带到理想的彼岸、幸福的国度。

向善的灯

罗 西

这个故事发生在巴西。

暴风雨之夜，在某个偏僻的山村里，有位女士即将分娩，可她的丈夫却在监狱里，她身边只有一个5岁的小男孩。情急之下，这位女士报了警。但由于暴雨已经造成洪灾和泥石流，救护车和救灾人员已经全部出动了。留守的警员只好打电话到地方服务社团团长家里请求协助。

那位团长马上答应，并亲自驾车到那位女士家把她送到医院，使其顺利生产，母子平安。这时，团长才想起孕妇家里还有一个儿子，必须立即去把他接走，便用手机给社团里最不热心但也是最后一个没有出动的团员打了电话，希望他能去救助那位受困的小男孩。

那位"落后分子"很不情愿地从被窝里钻出来，懒洋洋地驾车到了小男孩的家。他一路上边诅咒着鬼天气边吹着口哨。费了一番周折后，他终于找到了小男孩的家，把小男孩抱上了车。

那男孩上了车后，就一直盯着"落后分子"看，突然他开口了："先生，你是不是上帝？"这位老兄被突如其来的问话给"震"住了，

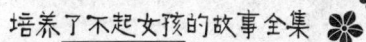

有些丈二和尚摸不着头脑，莫非小孩受了惊吓，精神出了问题？他吐掉嘴里的口香糖，有点结巴地问："小弟弟，为什么说我是上帝？"

小男孩说："我妈妈要出门时，告诉我要勇敢地待在家里。她说，这个时候只有上帝能够救我们。"这位先生听了这话，脸一下子红到了脚后跟，他惭愧地腾出一只手摸了摸孩子的头，慈爱地说："我不是上帝，我是你的朋友！"他万万没有想到有一天自己也可以成为别人眼里的"上帝"，他突然觉得是那孩子天真的眼神点燃了自己内心的那盏灯——向善的灯。

心得便利贴

每个人心中都有一盏照亮心灵的灯，这盏灯用善做燃料，用爱做灯芯。点燃这盏灯，会给自己和他人带来温暖，带来真诚，给你自己也会带来意想不到的快乐。

"替鸡破壳"的启示

张秀梅

母鸡孵小鸡整整 21 天了。"妈妈，快来看！"一大早就蹲在鸡房前看孵小鸡的 9 岁的儿子兴奋地喊。原来，已经有 10 多只毛茸茸的小鸡仔抖动着小翅膀从蛋壳里爬了出来。望着还未破壳的一只鸡蛋，急躁的儿子忙帮小鸡戳破蛋壳，小鸡果然轻松地爬了出来，但它在地上蹒跚了没几步，就一头扎地而死。儿子哭了。我恍然大悟，原来，只有小鸡自己从蛋壳里挣扎出来身体才能健壮，小鸡在蛋壳里挣扎是在锻炼和完善自己。正是儿子替小鸡破壳的好心之举，害死了这只小鸡！

望着正擦拭眼泪的儿子，我的心不禁猛然一震：当前，不少父母非常疼爱孩子，可以说已经到了捧在手里怕掉了，含在嘴里怕化了的地步。包括我在内，儿子都 9 岁了，还是我给他穿衣服、系鞋带、叠被子……我的这些做法不正是与"替鸡破壳"如出一辙吗？现在的孩子任性、自私、依赖性强，这样的孩子将来走上社会，必然缺乏独立生活的能力，有的甚至经不起挫折和磨难。而对此，父母

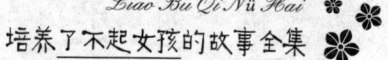

负有极大的责任,正是我们那些"替鸡破壳"式的过分溺爱、庇护和包揽,扼杀了孩子创造的天性,窒息了孩子探索的精神,夺去了孩子锻炼的机会。

不经风雨,难见彩虹。为了孩子的健康成长,我们每一个做父母的都应当坚决摒弃那种"替鸡破壳"式的"好心"之举,让孩子在探索未知世界的过程中经受风雨的洗礼和人世间艰苦的锻炼,自己"破壳"而出。

心得便利贴

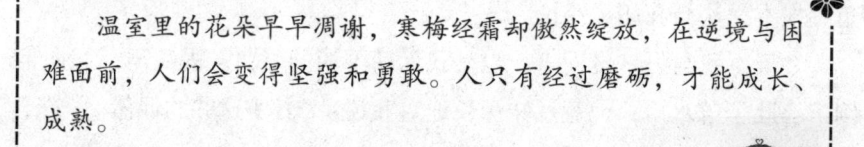

温室里的花朵早早凋谢,寒梅经霜却傲然绽放,在逆境与困难面前,人们会变得坚强和勇敢。人只有经过磨砺,才能成长、成熟。

准备月亮,就变出月亮

潘 炫

那一年,我在一家小报当记者。在我凭着发表的一摞作品而扬扬自得的时候,那家报社进行机构改革,和我一同编辑副刊的一位同事被留用,而我则被辞退了。

我愤愤不平,刚进这家报社时,那位同事发表的作品只是凤毛麟角,根本无法与我相提并论。

一天,我与另一位同事,也是我无话不谈的好朋友去喝酒,我向他倒了一肚子苦水后,他竟意味深长地对我说:"其实这并非偶然……"

他欲言又止,在我的再三追问下,他断断续续地说:"有一个作家曾说过,上帝的面前有一架天平,他把我们每个人放进天平的一个盘里,另一个盘里则放入与那个生命等重的收获。

"你的生命重于泰山,你就收获泰山;你的生命轻若鸿毛,你就收获鸿毛。在报社任职期间,你只是沾沾自喜,固步自封。而他,今天读一本书,使他的生命加

重了 100 克，明天，他又深入采访，连夜赶稿，又使他的生命加重了 200 克。他为的是将来上帝把他放入天平时，他交出的是一份最重的生命，收获的是一份最有价值的人生。"

我默不做声，朋友接着说："还记得那次一家马戏团来我市表演时我们一起去采访的那位魔术师吗？"

是的，我当然记得。

当时，我和朋友一块儿去采访，我问那个魔术师："你的成功是不是因为你有一双比别人更灵活更敏捷的手？"

那个魔术师笑了笑，摊开手说："我的手，永远空空如也。"

我当然悟不透他的言外之意。他便说："那好，你现在想要什么？"我随口说："一串珍珠。"他说："我现在变不出珍珠来，不过给我三分钟，我就能满足你的愿望。"

我点点头,他在他的百宝箱里翻腾了一会儿,胸有成竹地回到我面前开始了他的表演。是的,只是一瞬间,他原本空无一物的手上,恍然间就变出一串晶莹剔透的珍珠项链。

我夸他神奇,他却憨然一笑,"神奇?如果你让我变一个月亮捧在手心,那才叫神奇呢。"见我皱着眉头,他又说:"因为我的百宝箱里没有月亮。"

那次采访很短暂,如今想起却回味无穷。

是啊,他的百宝箱里没有一轮月亮,他的手就不再变幻莫测了。如此说来,魔术的施展,必定离不开准备。准备珍珠,就变出珍珠;准备月亮,就变出月亮。

那么人生呢?人生是不是也需要准备——准备种子,就收获果实;准备痛苦,就收获幸福;准备努力,就收获成功;准备今天,就收获明天。

心得便利贴

生命的土地需要辛勤地耕耘,经过冬的酝酿,春的播种,夏的耕作,才会在秋天捧出金灿灿的谷穗,奉献出满园飘香的瓜果。现在就开始为自己的将来播撒种子吧,有所准备的人生才会更加精彩。

亚历山大的三个遗愿

李孟 编译

亚历山大是一位伟大的国王。在征服了许多国家胜利返回的途中，他病倒了。此刻，占领的土地、强大的军队、锋利的宝剑和所有的财富对他来说都毫无意义，他明白死神很快会降临，他已无生存的意义，他已无法回到家园。他对将士们说："我不久将离开这个世界，我有三个遗愿，你们要完全按我说的去执行。"将士们含着泪答应了。

"第一个遗愿是，我的棺材必须由我的医师独自运回去。"亚历山大喘了口气，接着说道，"第二，当我的棺材运向坟墓时，通往墓园的道路要铺满我宝库里的金子、银子和宝石。"亚历山大裹了裹毛毯，休息了片刻，继续说，"最后一个遗愿是把我的双手放在棺材外面。"聚集在他身边的人都很好奇，但没人敢问为什么。亚历山大最喜爱的将军吻了吻他的手说："国王，我们一定会按您的吩咐去做，但您能告诉我们为什么要这么做吗？"

亚历山大深吸了一口气

说:"我想让世人明白我刚学到的三个教训:我让医师运载我的棺材,是要人们意识到医生不可能真正地治疗人们的任何疾病。面对死亡,他们也无能为力。我希望人们能够懂得珍爱生命。第二个遗愿是告诉人们不要像我一样追求金钱。我花费了一生去追求财富,但很多时候是在浪费时间。第三个遗愿是希望人们明白我是空着手来到这个世界,又是空着手离开这个世界的。"

说完,他闭上眼睛,停止了呼吸。

心得便利贴

亚历山大临终前才明白了人生的三个教训,知道了什么对他自己是最重要的。我们也要明确什么是自己想要的,才能找到属于自己的人生价值,才不会在生命的尽头留下遗憾。

画杨桃

维 祖

念小学四年级的时候，我得了一场大病，在家休养半年。父亲为了慰我寂寥，教我读唐诗、下围棋，还教我学画画。他是岭南画派祖师爷高剑父、高奇峰的弟子。岭南画派是吸收西洋画技法的，因此我学画自然要从素描入手，画鸡蛋、茶杯、水壶、香蕉……父亲对我要求很严，要我认真忠实于素描对象，一丝不苟。从轮廓到光线的明暗，都要尽量准确。"你看见那是怎样的，就得把它画成怎样，不要想当然，画歪了它的模样。"他总是这样叮嘱我。

休养完了，回校复课，升上了五年级。有一次上图画课，老师把带来的两个杨桃平摆在讲台上，要我们对着写生。

教室是按学生的高矮编排座位的。在全班里我是较矮的几个当中的一个,座位编在前排靠边的地方。讲台上那两个杨桃的一端正对着我。从我所处的角度看去,那五棱杨桃的轮廓就根本不像杨桃,而是5个角的什么东西了。

唉,要是能给我换一个座位,让我从别的角度去画就好啦!可是我只能坐在编定的座位上。忠实于自己的眼睛和物体的状貌,把自己的所见如实地画出来,别人会相信那是杨桃吗?我要不要按自己想象中的杨桃模样去画呢?

不!父亲的叮嘱还在起作用:

"你看见是怎样的,就把它画成怎样的,不要画歪了它的模样。"

到头来,我还是老老实实地照画了。画得很忠实,很认真,而且还相当准确。当我把自己的这幅习作交出去的时候,有几个同学看了,都哈哈大笑:

"瞧,他画出个什么来了?"

"嘻嘻,杨桃是这个样子的?"

"倒不如说是五角星吧!"

"哈哈，画杨桃画成了五角星……"

老师把我的习作要过去看了看，又走到我的座位坐下来，审视了一下讲台上的杨桃，然后走到教室中央，高举起我的习作向同学们发问：

"这幅写生，大家说画得像不像？"

"不像！"同学们齐声回答。

"它像什么？"老师又问。

"像五角星！"几个同学应道，同时发出了嘻嘻哈哈的笑声。

老师的神情变得有点儿严肃，半晌，再问道："画杨桃画成'五角星'，好笑吗？"

同学们摸不透老师发问的意思，大都不敢回答，唯有刚才笑得最响的那几个不知好歹，齐声答道：

"好笑！"

老师于是下令："说'好笑'的同学，请离开座位，站到前面来！"

刚才还嘻嘻哈哈的几个同学不知道将要发生什么事，面面相觑，迟迟疑疑地站起来走到讲台前一字排开。

这时，老师走到我身旁，要我让开座位，然后对那几个同学说：

"来，你们排好队，走过来，轮流坐到这位置上。"

他们只好听从命令。

"好啦，现在你看看那杨桃，像你平时想象中的杨桃那个模样吗？"老师对第一个坐到我座位上的同学问道。

"不……像。"

"那么，像什么呢？"

"像……五、五角星。"

"好，你站起来。下一个……"

老师让这几个同学回到自己的座位之后，随即和颜悦色地对全班同学说：

"说起杨桃，大家都会想到杨桃的形状：接近椭圆，肩部肥大，底部略为尖削，有五棱。但是从不同的角度看去，杨桃就不一定是人们心目中的杨桃那个模样了，有时候，它看起来就真的像五角星。因此，当我们看见别人把杨桃画成五角星的时候不要忙着发笑，要看看人家是处在哪个位置，从什么角度对着那杨桃的。我们应该忠实于自己的眼睛。当你从自己所处的角度看去，杨桃不像杨桃而只像五角星，你也应该大胆地把它画成'五角星'，不要唯恐别人说它不像杨桃，而故意把它画成将会取得别人认可的那个样子……"

老师的教诲使我一生受用。这道理自然不仅在于画画。

心得便利贴

大自然的神奇正在于它的变化莫测，在不同的时间和角度，其呈现在我们眼前的样子也不尽相同。因此，我们应该坚信自己的眼睛所看到的，既不随波逐流，也不因别人的否定而改变自己的观点。

把阳光加入想象

感 动

美国青年罗尔斯大学毕业后,开始为工作四处奔波,但很长一段时间后,罗尔斯都没有找到需要自己的职位。

不久,罗尔斯的朋友邀请他一起去夏威夷旅行。一天,罗尔斯注意到,很多在海滩上休闲的人在用手机聊天,但这些人不一会儿就不得不顶着太阳跑回停车场。这是为什么呢?罗尔斯从游客的抱怨中找到了答案。"该死的手机又没电了!"这引起了罗尔斯的思考。如果有一种能在海滩上充电的充电器,这个问题不就解决了吗?

新概念阅读书坊

　　罗尔斯极度痴迷太阳能，此时，夏威夷海滨的阳光让他若有所悟。为何不利用这取之不尽的太阳能呢？他突然有了设计一种便携式太阳能充电器的冲动。罗尔斯在网上购买了一款太阳能充电器并把它缝到了背包上。当他把这种背包拿到一个旅行网站上出售后，吸引了许多购买者。2005年，罗尔斯创立了罗尔斯设计公司，销售自己生产的"瑞特"牌太阳能背包。半年后，罗尔斯公司的产品竟在世界各地的沙滩上都占有了一席之地，紧接着，罗尔斯又开始设计一种能为笔记本电脑充电的背包。这种产品面市后更受欢迎，世界各地的订单雪片般飞向罗尔斯的公司。这使罗尔斯每个月就有近两万美元的收益。

　　一个为找工作而发愁的大学生，两年后竟成为一个拥有自己公司的老板。罗尔斯在接受采访时说："我没有做什么，我只不过是把触手可及的阳光加入了想象。"

心得便利贴

　　没有想象的人是痛苦的，因为他没有瑰丽的梦；没有发散的思维，只是空洞地生活着，即使事业有成，也体味不出生活的真正乐趣。因此，人应在想象中遨游，任思想驰骋，从而于不经意间获得成功。

梦想的翅膀

刘祖光

他今年26岁，很年轻，学法律出身，却对历史充满了兴趣。他是湖北人，5岁时跟爸爸到书店里逛，一本《上下五千年》吸引住了他，爸爸问他是不是喜欢历史，他茫然地回答："什么是历史啊？"

那本书定价5元6角，而当时爸爸的月薪是30元，但爸爸还是给他买了。在随后的7年里，他把这本书看了11遍，熟稔中国的历代皇帝。由此发端，看历史书竟成了他的业余爱好，让当时痴迷电子游戏和香港录像片的同龄人惊奇不已。上中学的时候他就读了《二十四史》和《资治通鉴》，这些用文言写的史书连大学里历史系的学生都感到挠头，但他觉得，要想写出生动的文章，必须读那些枯燥的书。因为陈独秀和鲁迅这些名教授深厚的国学根底，就是与他们早年的私塾教育有关系。

但令人啼笑皆非的是，痴迷历史的他历史成绩并不好，原因很简单，他的看法和教科书上的不一样。而且他觉得，历史应该是有趣的，不是教科书式的简单

的年代、人物、事件、意义的罗列，更不是各种各样不平等条约的累积。因此，写出让人们喜欢阅读的真正的历史，是他的一个梦想，只不过，这个梦想在强大的高考面前，只能是梦想而已。

他是家中的独子，所以，为了父母殷切的期待，他痛苦地准备高考，最后，他考上了一所不知名的大学，他觉得在那所大学里，老师没有教会他什么。直到现在，他连那所学校的校名都不愿意提起。他的大学四年，完全是自学，他不谈女朋友，不去网吧玩通宵，自己一个人待在教室里看书，看自己喜欢的历史书。有时候到深夜了，他抬头一看，空荡荡的教室里只有他一个人，再看外面，寂静的校园里早已是人迹全无。

毕业后，他参加了公务员考试，并且顺利通过。他成了广州市的一名公务员，参加工作6年后，他仍然保持着大学时的习惯：不抽烟，不喝酒，不交际，下班后就回到家看书。终于，他有了把梦想付诸实施的念头——重写明史！

写史书历来是历史学家的事情，而他，一个小小的公务员居然有了这个念头。他不管别人怎么看，开始动手写自己心中的历史。

每天晚上，他要写4~6小时，为了保持清醒的头脑，他一天要洗几次凉水澡，洗得皮肤都过敏了。但他仍然坚持着，为了梦想而坚持！

很快，他发在天涯网上的帖子受到了追捧。他的帖子吸引了众多网友，并且拥护者和反对者发生了激烈对抗，导致三位版主离职。他转而在新浪和搜狐上开了博客,在没有任何宣传的情况下,他的博客点击率居然很快达到了300万。他那通俗易懂、生动有趣的文章,吸引了小到7岁的儿童、大到70岁的大学教授在内的众多"明矾"的追捧。

他就是《明朝那些事儿》的作者当年明月,这个到现在仍不愿意透露真实姓名的小公务员,依然淡泊名利,他去凤凰卫视录节目时,穿的是洗得领子都卷了的衬衫。普通的一个人,却因为对梦想的执着追求,成为中国最不普通的公务员。梦想给了他腾飞的翅膀,在庄子的《逍遥游》中,那个有着3000里长翅膀的大鹏之所以能飞上9万里的高空,所借的是海上的飓风,而托起当年明月翅膀的风,则是他不甘于平凡生活,对理想执着追求的坚强意志。

每个人都有梦想,所缺的只是将梦想付诸实施的勇气和毅力。

心得便利贴

一个没有梦想的人绝不可能拥有令他人羡慕、让自己满意的成绩。如果只有梦想而不为此付出努力,同样也无法成功。只有在一切艰难险阻面前不动摇、不退缩,梦想才会变成现实。

天才的造就

刘燕敏

在里约热内卢的一个贫民窟里,有一个男孩子,他非常喜欢足球,可是又买不起,于是就踢塑料盒,踢汽水瓶,踢从垃圾箱里捡来的椰子壳。他在巷口踢,在他能找到的任何一片空地上踢。

有一天,当他在一处干涸的水塘里猛踢一只猪膀胱时,被一位足球教练看见了,他发现这个男孩踢得很像那么一回事,就主动提出要送给他一个足球。小男孩得到足球后踢得更起劲了。不久,他就能准确地把球踢进远处随意摆放的一只水桶里。

圣诞节到了,男孩的妈妈说:"我们没有钱买圣诞礼物送给我们的恩人,就让我们为我们的恩人祈祷吧。"

小男孩跟随妈妈祷告完毕,向妈妈要了一把铲子便跑出去,他来到一座别墅前的花园里,开始挖坑。

就在他快要挖好坑的时候,从别墅里走出一个人来,问他在干什么,小男孩抬起满是汗珠的脸蛋,说:"教练,圣诞节到了,我没有礼物送给您,我愿给您的圣诞树挖一个树坑。"

教练把小男孩从树坑里拉上来，说："我今天得到了世界上最好的礼物。明天你就到我的训练场去吧。"

三年后，这位 17 岁的男孩在第六届世界杯足球赛上独进 6 球，为巴西捧回了第一个金杯。一个原本不为世人所知的名字——贝利，随之传遍世界。

天才之路都是用爱心铺成的，并且在铺成这条路的所有的爱心中离不开天才人物自己的不懈努力。

心得便利贴

天才，不是与生俱来的，而是汗水与爱心打造出的强者。贝利的成功正是他付出了辛勤的汗水，懂得爱的价值，才能怀着感恩的心回馈别人的爱，才能义无反顾地努力向前，从而取得世人瞩目的成绩。

在空地上种上草

胡 光

一位著名的建筑师为某单位设计建造了一组现代化的办公大楼。这是三幢建设在一大片空地上遥遥相望的漂亮的大楼，建筑师超人的艺术素养得到了淋漓尽致的体现。大楼轮廓初具的时候，看到的人都已经赞不绝口了。

工程竣工时，工人们问他："三幢大楼之间的人行道如何铺设？"

"在大楼之间的空地上全种上草。"建筑师回答。

大楼主人和工人们都感到纳闷，但这是著名的建筑师的话，他们不好反对，就在这空地上全种上了草。

一个夏天过后，在三幢大楼之间，和三幢大楼通往外面的草地上，已经被来来往往的行人踩出了若干条小路。这些小路有些因为走的人多，就宽些，有些因为走的人少，就窄些，但它们蜿蜒伸展，错落有致，就像是几条树林间的小道。到了秋天，建筑师又带着工人们来了，他让工人沿着人们踩出

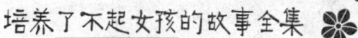

的路痕铺就了大楼之间和通向外面的人行道。然后在道路两旁种上了树木和花草。每一个走在这些道路上的人都说：这几条路，是比大楼更伟大的杰作。

心得便利贴

"其实地上本没有路，走的人多了，也便成了路。"先铺好的路虽然规则，整齐，却很容易束缚人们的思想，固定人们的行走路线，而自然形成的痕迹才是最真实的路，这正如人生之路，走别人铺好的路和走出一条自己的路所看到的风景会大不相同。

影响一生的半小时

崔修建

那时，格瑞是美国一家超级大公司某部门的负责人，事业前景正一片光明。但就在那个秋季的一天下午，他犯了一个无法挽回的错误——擅自离岗半小时，并由此影响了他一生的走向。

那段日子，公司的业务的确很少，他每天只需要一两个小时就处理完了，剩下的时间似乎就只能坐在办公室里无所事事了。但他还是每天按部就班地上下班，因为公司有严格的劳动纪律。

但9月12日那天下午，他实在经不住正如火如荼地进行的欧洲杯足球赛的诱惑，处理完所有的事情，他偷偷地离开办公室，找到一个有电视的房间，尽情地欣赏起自己喜爱的球队的精彩表演。

半小时后，他带着惬意，匆匆赶回自己的办公室，似乎一切正常。蓦地，他被桌子上的一张纸条惊呆了。那上面写道：格瑞先生，既然你那么喜欢足球，我看你还是回家尽情地去欣赏好了。上面是他熟悉的签名——本公司老板威廉·斯通。

原来，格瑞刚刚离开办公室10分钟，许久不曾到下面各部门走动的老板很随意地走进了格瑞的办公室，并在格瑞的办公桌前坐了10分钟，却一直不曾见到他的影子。当得知原因后，老板勃然大怒，毅然辞掉了这位很有潜能的中层管理者。

中年失业的格瑞后来又辗转应聘了几家公司，但始终未能找到适合自己的位置，收入每况愈下的他日渐潦倒下来。后来，他竟长时间失业在家借酒浇愁，深深地懊悔当年的那次擅自离岗。

接替格瑞职务的是他的同事德克。当时，德克无论是工作经验还是办事能力，都明显地逊色于格瑞。若不是格瑞被辞退，恐怕他一生都只会是一个默默无闻的小小职员了。

但15年后，德克却成了拥有20万名员工、子公司遍布50多个国家的大集团总裁，成了世界级的管理大师。

2000年，他在结束了耶鲁大学的一场讲演，被人流簇拥着走到大厅门口时，意外地遇到了已沦为乞丐的面色苍白的格瑞。

四目相对，格瑞黯然慨叹："一切都是命运啊！"

德克轻轻地摇摇头，坚定地补充道："也许是命运，但问题的关键是把命运握在手中，还是失落在手外。"

格瑞和德克的经历，告诉今天的职场人士——珍惜你的工作，坚守住你的岗位，不要自以为是地草率行事。须知，有时不经意的一个小小的闪失，也可能铸成危及一生的大错。格瑞擅自离岗半小时，丧失的不

仅仅是一份好工作，还有一个个足以改变命运的重大机遇，乃至酿就了一生无法弥补的深深遗憾。

心得便利贴

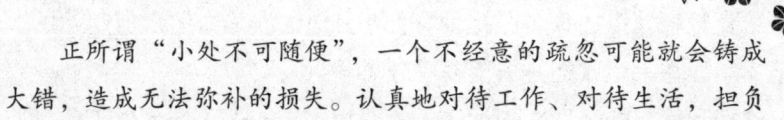

正所谓"小处不可随便"，一个不经意的疏忽可能就会铸成大错，造成无法弥补的损失。认真地对待工作、对待生活，担负起你的那份责任，你会看到努力的结果。

现在成功

刘 墉

今天下午,我请你的母亲到后园小坐,难得出去晒一下太阳的她,居然指着零落将残的四季豆,问我是什么植物。我大吃一惊地说,那是她已经享用了一整个夏天的四季豆,并且责怪她居然五谷不辨。

你知道她怎么回答吗?

她说:"我不管!只因为我看不到它结着豆子,所以不认得它。"

这两句话使我大为惊悸,因为它代表了世上大多数人的价值观,也显示了现实的冷酷无情。

是的!没有豆子,就不认它!不管它过去有多大的贡献,只因为没有亲眼见到,或现在看不出,所以无法认同。对人来说,不论你过去多么成功,如果此时没有表现,那么往往也会被否定。

洛克菲勒每天晚上都要对自己说同样几句话:"你虽然有了一点成就,但如果不继续努力、虚心学习,就会被人击倒……"

西方有句谚语:"没有失败

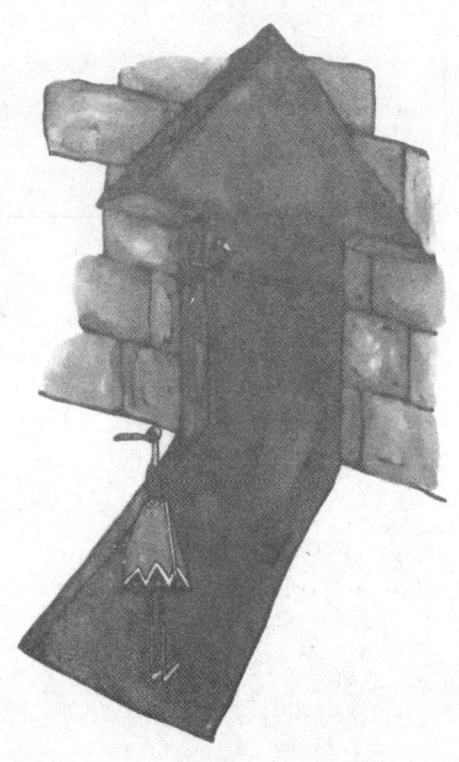

的成功者,只有成功的失败者;没有失败,只有失败者。"还说:"没有成功的叛国者!"因为叛国者若成功了,便是革命家。这不正是"成则为王,败则为寇"的道理吗?

所以,不要以为自己成功一次就可以了,也不要认为过去的光荣可以被永久地肯定。在这个世上,"现在的成功"是重要的,而现在马上便成为过去,下一刻又得有下一刻的成功。

记住!没有豆子在上面,就不认它是豆子,这是你母亲说的,也是大多数人都会说的一句话。

心得便利贴

"现在成功",它不能代表过去和将来,人只有不断地努力向前,为下一刻的成功做准备,才能不被生活所抛弃,才能永远处于"现在成功"的状态。

只有3分钱

华庆富

40年前,杰米还是一名6岁的小学生。他的家庭非常贫困,每天他都是默默地一个人来上学,又默默地一个人走回家,一路上他几乎从不抬头。

一天,品行课的老师玛丽小姐在课堂上让全班的24个孩子写下自己最大的梦想,由她替他们保存,看看将来谁能通过努力实现今天的梦想。

班级立刻炸开了锅,孩子们跃跃欲试,有的孩子甚至有好几个梦想,自己都不知道究竟确定哪一个。只有杰米独自坐着发呆,他从不敢奢望有梦想,家里那么贫困,自己怎么可能实现梦想呢?这时,玛丽小姐笑盈盈地走了过来,柔声问道:"杰米,你还没有说自己的梦想呢?"

杰米红着脸嗫嚅道:"老师,我……我什么梦想也没有……"

杰米的话立刻引起了哄堂大笑。"孩子们,请安静!"玛丽小姐摊开双手做着向下压的手势。

玛丽小姐在杰米面前蹲了下来,用一种鼓励的目光望着杰米说:"杰米,你开动脑筋想一想,你一定会想出你的梦想的。老师等着你呢!"

"可是老师，我真的什么梦想都没有！"

"那么这样吧，你可以在全班有多个梦想的同学那里买一个梦想过来！"

"可是老师，我只有3分钱啊。"

"够了，足够了！"玛丽小姐认真地说。于是，在玛丽小姐的见证下，杰米花3分钱购买了同学的一个梦想：到埃及去旅游！

尽管当时杰米连埃及在什么地方都不知道，可他开始为这个梦想而努力。

他不再漫无目标，他的成绩逐渐上升。后来他考上了著名的华盛顿大学，在大学的图书馆里认识了同样是埃及迷的妻子。终于有一天，杰米携妻带子来到了他梦想开始的地方——迷人的金字塔国度埃及。

几年之后，杰米通过打拼已经拥有了6家总价值3000万美元的超市。

所以请你们不要吝啬自己对别人的鼓励，也不要束缚自己对未来的野心。或许不经意间，你就能够创造一个奇迹。

心得便利贴

为自己找一个梦想，你就会有人生的目标、奋斗的动力。怀有崇高的理想，始终鞭策自己，鼓足勇气朝着这个目标前进，用你的努力和奋斗让你的梦想早日实现！

晨光的翼翅

[美]戈登·阿瑟　于丹　译

数年之后，当她已经声名大噪之时，常有人不时询问："是什么使你开始的，特洛伊？"

她总是微笑着摇头，一副什么也不知道的样子。但是，有时她朝写字台上放的一片绿玻璃投去匆匆的一瞥，她从未对任何崇拜者提起过，如果她想说，那就是在很久以前的某个清晨……

起伏沙丘的背面，大海一望无垠地舒展着。宇宙万物井然有序，除了这儿……在她自己的秘密小道上，出现了一双套在皱巴巴棕色长裤内的脚，从一个被露水沾湿的报纸做的帐篷中伸出来。最初惊心动魄的刹那间，她以为这是一具死尸。她毛骨悚然地站着，手里抓着一条妈妈吩咐买来的面包。

她呆若木鸡，脑中飞旋着餐桌上听到的母亲和姨妈之间的闲谈，什么海滩上的谋杀案啦、破坏财物案啦等等。

19岁的她，一向安安全全地待在自己的世界里，从来不曾认真对待那些话题。如今……看，一条腿动弹了一下，接着，一只胳膊露了出来，袖子耷拉着。随后，那手一把扯开报纸，人钻了出来。年轻的？年老的？特洛伊吓得什么也没看清。

"早上好。"他问候她。

特洛伊后退了两步。声音听起来倒不凶，可他那沾满沙子的脑袋、胡子拉碴的模样着实让人害怕。

"去吧，"他赞同地说，"快跑吧，我不会追你的……是叫你出来买面包的，对吗？"

特洛伊默不做声。

他解开自己的鞋带，从鞋内倒出一股细沙。"我深表谢意，"他礼貌周全，"因为你叫醒了我。当然，在这种时刻，我并不怎么清醒。我常常搞不清自己到底是谁——是失业记者，还是走霉运的诗人；是遁世者，还是替罪羊？我想，你一定以为我只不过是个流浪汉。"

特洛伊慢慢地摇摇头。

他对她微笑，突然间显得年轻了许多。

"……我光顾谈自己喽，现在来谈谈你吧。你会成为一个人物的。我相信，不然，你也不会站在这儿啦——你早就跑掉了。但是你没跑……"

她只是瞪眼疑惑地瞧着他。但是，一种巨大的怜悯、温情和理解——自从父亲去世后久违了的感情突然涌上心头。

"来吧，"他哄着她，"告诉我，你将来想干什么？演员，画家，音乐家，作家？——也许，还不知道？不知道更好，一切都在前面，新鲜、光彩的未来。可是，你听着……"

他朝前探着身子，"我要告诉你一个秘密——一个我知道得太晚的秘密。未来取决于美的真谛——你怎么找它，怎么看它。人们赞扬钻石又美又名贵，当然，这没错。可是，就在这儿……"他抓起一把细沙，"这儿也有成百万颗钻石。只要你深入其中去发现。瞧这个，"他递给她一片玻璃碎片，"它的棱角被海水和沙子磨光了。别人会说它毫无用处。可是，把它对着光瞧瞧！它翠得像绿宝石，神秘得如翡翠，光洁得像墨玉！"

一只海鸥尖叫着飞来，在他们头顶盘旋，投下一片浮翔的阴影。那眼睛闪亮的鸟儿自在地在晨光中飘荡着。

"看那里，"他指着海鸥，"那就是我的意思。人不能像海鸥点水般，哪怕只有针尖般大的希望也不能放弃。孩子，要努力寻找，努力抓住晨光的双翅！"

海鸥飞远了，特洛伊说："她们来啦。"

他飞快地穿好鞋子。"请原谅，"他说，"我喜欢逃跑。"

他一溜烟儿不见了。她站着，不动弹，任妈妈和姨妈抓住自己的两只手，叫嚷着："太可怕啦……快打电话给警察……他对你说些什么……他想干什么？"

"什么也没说。"特洛伊回答。

但是，她知道自己在说谎，证据就在她那捏得紧紧的手里。那片被海水刷亮了的碎玻璃片，翠得像绿宝石，神秘得如翡翠，光洁得像墨玉。

心得便利贴

"及时当勉励，岁月不待人。"幸福不是遥不可及的梦，人的生命有限，际遇各异，幸福与否取决于你的选择。脚踏实地地做人，在生命的黑夜里燃起希望的火把，终有一天你会振翅高飞。

不要成为卑贱的人

孙 权

歌德小时候一直不爱学习。他的父亲想尽了一切办法也不能让他归于正道。无论采用何种方式,小歌德仍然成天无所事事。为此,小歌德不知遭到了多少次的责骂,挨了多少打。

一次偶然的机会,歌德的父亲见到了著名的人类学家福斯贝特·库勒。由于库勒博士非常热衷于教育,便对歌德父亲讲述了许多名人的教育情况。

库勒博士讲述的事情使歌德父亲深受启发,回家后便改变了对待儿子的态度,并采用了全新的教育方法。

他不再要求小歌德完全服从他的意愿,而是常常向他讲述历史上那

些伟人的事迹，并告诉他伟人们在小时候都是热爱学习的孩子。就这样，小歌德对学习有了新的认识，在他的心目中形成了热爱学习与崇高、伟大相关联的概念。

有一天，歌德的父亲正在与友人谈论他们不久之前遇到过的一个流浪汉。当他发现小歌德就在不远处玩耍时，便故意提高了说话的声音。

他大声说道："听说那个流浪汉从小就不爱学习，整天游手好闲，他以为不学知识照样能生活得很好。没想到，当他长大后想为自己找个出路时，可已经太晚了。因为他什么都不懂，什么都不会，只能成为一个靠乞讨生活的卑贱的人。"

小歌德听到了父亲的话，突然感到一种从未有过的震撼。他想："我应该做高尚的人还是卑贱的人呢？"

显然，小歌德愿意做一个高尚的人。因为第二天，小歌德表现出了以往从未有过的举动。他主动要求父亲教他学习知识，并不顾一切地拼命学习起来。

从那以后，刻苦的学习始终伴随着歌德的一生。

最终，他达成了自己的愿望，成了一个令人尊敬的高尚的人。

心得便利贴

要成为一个高尚的人还是一个卑贱的人，歌德作出了正确的选择，而使他作出这种选择的是他强烈的自尊心。自尊心可以给我们动力和勇气，从而成就我们的事业。

敬 启

本书的编选参阅了一些报刊和著作,由于多种原因我们未能与部分入选文章作者(或译者)取得联系,在此深表歉意。敬请原作者(或译者)见到本书后,及时与我们联系,我们将按国家有关规定支付稿酬并赠送样书。

联系方式
联 系 人:杨老师
电   话:18600609599

编委会